まずはこれ食べて

原田ひ香

双葉文庫

目次

まずはこれ食べて

第一話

その魔女はリンゴとともにやってきた

まず、玄関が違った。

池内胡雪《いけうちこゆき》が外回りの営業から帰ってくると、いつも玄関のたたきに山積みになってい
た小汚い靴がなくなっていた。床も、さっぱりとほこりがなくなっている。

本来なら、喜べるはずの光景なのに、胡雪は眉根を寄せた。

胡雪は学生時代、友人たちと医療系のベンチャーを起業した。住居としても使える、2DKのデザイナーズマンションを事務所にしている。まあ、当時、なんとなくつるんで、「就職活動したくないね」と言い合っているうちに会社を立ち上げたのを「起業」と呼ぶのならだが。

いい歳をして、いつまでも学生気分が抜けきらず、さらに、それを許される環境である胡雪たちは、営業にでも出ない限り、ほとんどスニーカーで出勤していた。夏はクロックスのサンダルで、それらの靴を乱雑に会社の玄関に置きっぱなしにしていた。

かくいう胡雪自身も、スニーカーを二足、パンプスを一足、置いたままだった。渋面《じゅうめん》のまま靴箱を開ける。もしも、なくなっていたりしたら（その一足は穴が空いていてゴミ箱行きなのは明白だったが）怒鳴りつけてやるつもりだった。

しかし、そこには彼らの靴がきれいに並んでいるだけだった。棚には古新聞紙が敷かれ(彼らは新聞なんて取ってないので、どこから持ちこまれたのかは謎だった)、磨かれたりはしていないものの、これまたこざっぱりとほこりが払われている。

その時、「がははははー」という仲間たちの笑い声が部屋の中から聞こえてきた。胡雪は、こっそり靴箱をのぞいた自分が笑われたかのような気がして首をすくめた。

仲間と立ち上げた会社なのに……。

そんな自分にさらに頭に来て、誰にも見られていないのに顔をくいっと持ち上げて、靴を脱ぎ中に入った。すると、左手にあるキッチンに、背の高い、痩せぎすな女が、こちらに背を向けているのが見えた。何か洗い物をしているらしい。

手洗いをするため、その手前にある洗面所に向かう。彼女は、胡雪が声をかける前にくるりと振り返った。

頬骨の高い、がっちりとした顔立ち、短く切りそろえた髪には白いものが交じっていた。女らしさをみじんも感じさせないその風貌に、胡雪は少しほっとした。

「今日からこちらに来てます、家政婦の筧《かけい》みのりです」

抑揚《よくよう》のない、低い声だった。その体型や容姿にぴったり合っている。

それもまた、嫌じゃなかった。母の女らしい、でも、妙に強弱のはっきりした、感情的な声にいつもうんざりしていたから。

それでも、そのくらいでは、胡雪も愛想良くはできなかった。同じくらい、ぶっきらぼうに応えた。

「あ、池内胡雪です」

他に何か言った方がいいのかしら、年齢とか、趣味とか、会社の担当とか……迷っているうちに、彼女はまたくるっと背を向けて、皿洗いに戻ってしまった。

こっちが気を遣っているのに、なんだ、その態度は……胡雪はまたむっとしながら立ちすくむ。

そこに、皆からモモちゃん、と呼ばれている、IT担当社員の桃田雄也《ももたゆうや》が来た。

さっきの笑い声は彼のものだったのか、口元にまだそれがひっかかって、口角が上がっている。まっすぐに冷蔵庫に向かうと迷いなく開けて、ミネラルウォーターのペットボトルを取った。見なくてもそれに彼の名前が書かれているのはわかった。キッチンの飲食物には自分の名前を書く決まりになっていたからで、彼は規則をきちんと守るタイプだった。そして、ボトルに口をつけたところで、胡雪と筧の間に漂っているものを感じ取ったらしい。

「何?」

そっちが入ってきたのに、なに、はないだろう、と胡雪は思った。

「大丈夫?」

桃田はおそるおそるといった感じで、胡雪に尋ねた。

「何が?」

訊《き》かれていることはわかったが、逆に訊き返してやった。

「ん? なんとなく……」

そして、筧の後ろ姿をちらりと見た。

「冷蔵庫、開けてよかったですか」

こちらには、そう怯《おび》えずに尋ねた。

筧は振り返り、「あ、もちろん、どうぞ」と言った。

桃田はひょこひょこお辞儀をしながら出て行った。

わかってる、桃田はそういうやつなのだ。大学時代からの付き合いだからよくわかっている。

ITには強く、身体ががっちりしていて、でも山登り以外のスポーツにまるで興味がない。中学二年の時に急に身長が伸び始め、特に鍛えなくても筋肉がつきやすい体質のおかげで、どこに行っても運動部に誘われる。それをうまく断るだけで、高校時代は終わってしまった、と言っていた。そのせいだろうか、いつもどこかおっかなびっくり人と付き合っている雰囲気がある。このごろは、山のためにスポーツクラブに通っているようで、その身体はさらにごつさを増してきた。

内面も外面も女性に興味を持たれそうなタイプなのに、気づいた時にはもう女に去られているような、察しの悪いところがあった。

桃田が出て行ったあと、胡雪は洗面所に入った。手洗いとうがいは風邪を持ち込まないための、会社のルールでもあった。

その洗面所に衝撃を受けた。

事務所としても、普通の住居としても使える造りのマンションで、しばしば社員が泊まっていく。そのため、洗面台も、鏡も蛇口も、歯磨き粉がこびりついていた。それがぴかぴかになって輝いている。散乱していた歯ブラシや歯磨き粉チューブはもちろん棚に整頓されていた。

念のため、風呂場をそっとのぞくと、こちらもまた、掃除されたばかりだということがわかった。これまで、ぐちゃぐちゃに床に置かれていた、共用のシャンプーとリンスが片隅にきれいに並んでいた。ふっとそれを取り上げて、ひっくり返して底を見る。

そこはまだ、汚れていた。底にねばねばした黒い水垢《みずあか》か、カビのようなものがこびりついていた。

胡雪は思わず、にやりとした笑みがこぼれるのを抑えられなかった。

——なんだ、家政婦とか言って、家事のプロのはずなのに、こんなことにも気づかないの？

「まだ、完璧な掃除じゃなくて」

後ろで急に声がして、シャンプーのボトルをとり落としそうになる。いつのまにか、胡雪の後ろに筧が立っていた。

「これから、二回三回来たら完璧になるから」

それだけ言うと、ドアを閉めて出て行った。

――やっぱ、いけ好かない女！　忍び寄るなんて、気味が悪い。口の利き方まで偉そうだ。

胡雪は思い切り顔をしかめて、なんとか怒鳴りたくなる気持ちを抑えた。


「家政婦を雇おうと思う」

胡雪たちが学生時代の友人と立ち上げた会社「ぐらんま」のＣＥＯである、田中優一《たなかゆういち》郎《ろう》がそう言い出したのは一ヶ月ほど前のことだった。

「家政婦？」

一番にそう訊き返したのは、営業担当の伊丹大悟《いたみだいご》で、彼は桃田とは反対に、小学校に入る前からリトルリーグをうろちょろしていたような根っからの体育会系体質だ。けれど、ずっと同じ競技を続けてそちらの方に進む、というわけではなく、小学校では野球、中学サッカー、高校ラグビー、大学アメフト、と見事なくらい一貫性がない。

どこに行ってもそこそこなし、常にレギュラーの座を得る運動神経を持ちながら、プロを目指すほどの根性も野心もなく、それなのになぜ体育会系かと問われれば、「だって、部活ってそういうもんだろ?」とすらり、と言う。

「文化系の部活だっていくらでもあるでしょ」

昔、知り合った頃に胡雪が尋ねると、「体育会系以外の部活動なんて意味ないじゃん。数だって、そりゃいくつかはあるだろうけど……少しだろ?」と答えた。「ブラバンと……あと……なんだっけ?」

そういう屈託のなさが、彼の良いところであり、逆に言えばそれしかない、ということにもなる。

とりあえず、人に好かれるし、人と接することにまったくストレスを感じないし、先輩後輩の関係とか大好物、らしい。営業用のネクタイをつけて生まれてきたような男だ。彼のような人がなぜ普通に就職せず、胡雪たちの起業に加わったのか、いまだ不思議だ。

「家政婦ってさ、あれ? 人のうちに来て、子供を厳しくしつけたりするやつ」

そこで例に出すのは『家政婦は見た!』じゃないか、と思ったが、彼は新しい方の家政婦ドラマを口にした。

「会社で何するの? だいたい、会社に来てくれるの?」

週初めの夕方行われる会議、月曜会の席でのことだった。

午後五時に集まって、打ち合わせと報告をする。その日に決まっていたのは、一番、プライベートの予定が入りにくい曜日だったからだ。五時ならどんなに忙しくても食事をとりながら話をすることもできる。

創立時の八年前はほとんどそのあと飲みに行ったり、酒とつまみを買ってきてそのまま宴会をしたものだ。冬なら鍋をしたし、ボージョレーヌーボーを飲んだこともあったし、たこ焼きパーティーをしたこともあった。

けれど、この数ヶ月、一度もメンバー全員がそろったことはなかった。皆、忙しくて外に出ていたり、締め切りが迫っていたり、「そんな話をするくらいなら一分でも寝たい」と言って仮眠を取っていたりした。

それが、一週間ほど前「話があるから集まってくれ。どうしても予定があるなら先に言って」と田中からLINEが回ってきていた。

田中の改まった態度が少し気になりながら集まったのは、創立メンバーの四人だった。

「それが、会社にも来てくれるらしい」

「でも、どうして？」

きつい口調にならないように気をつけながら、胡雪が尋ねた。

「このところ、忙しいのが続いているじゃん。前は、家事は気がついた人がやるってことだったし、アルバイトの子にやってもらってたこともあった。けど、今、そのアルバイトたちも忙しくてそこまで手が回らないのが実状じゃん。それなのに、会社に泊まったり」

というところで、一番、会社泊が多い桃田が首をすくめた。

「ご飯食べたり、風呂を使ったりってことは増えている。仕方ないと思うけど、水回りとかいつも汚れているよね。ご飯だって、外に食べに行くなんて夢のまた夢、皆、コンビニとか弁当屋とか、出前とかさ、食べられるのはまだましで、一日、何にも食べないやつもいる。いろいろ身体に悪いし、なんか、会社の空気が殺伐としてる感じがするんだ、ここのところずっと」

それには、誰も、一言もなかった。

「毎日じゃない、一週間に三日、十四時から十八時まで四時間いてもらって、水回りの掃除と夕食と夜食を作ってもらう」

夜食、としたのは、この会社が全体的に遅くから始まるからだった。昼少し前くらいに出社して、十時過ぎまで、というのが一番多い。営業の伊丹だけはわりに早く、九時くらいから出社して、夕方には帰る。彼はもともとそういう時間に働くのが好きだったし、取引先に合わせるからだ。年下の、普通のＯＬの彼女がいることも理由になっている。

「夜食、食べない人は？」

当然、その質問が伊丹から出た。

「それは家政婦さんに伝えて減らしてもらったら。翌朝食べてもいいし、臨機応変にいこう。来てもらう時間も、とりあえず今はそう決めて、合わなかったら変えてもらう。どちらにしても、家政婦代、食費は会社の経費から出す」

「家政『婦』、ということは女性なのね？」

胡雪はその時、ざわざわする気持ちを抑えながら初めて尋ねた。

「ん？　そう」

田中は、そこ問題か？　と言いたげな顔で答えた。

「どんな人？」

「いや、まだ、決まってない。まだ、どこから雇うかも決めてないんだ。家政婦の派遣事務所というのがいくつかあるらしいからこれから声をかける。まあ、家政婦というくらいだから、女性かな」

「……あんまり若い人はどうかな」

胡雪は意見した。そんなにうるさく聞こえないように、でも、最低限のことは言っておきたかった。

「同じくらいの歳の人はいろいろ頼みにくいと思う、四十代も……かといって、あんまり年寄りもね。身体が悪くて働くのもつらいって感じじゃ、来てもらうのも悪いし……

母親ぶっていろいろこちらに指図してくるのも困るよね」

「結局、どんな歳でもだめじゃん」

伊丹が笑いながら混ぜっ返した。

「そんなわけじゃないよ。ただ、気になることを確認してみただけ」

胡雪は言ったが、自分が強く否定しすぎていないか、気になった。面倒くさい女と思われるのだけは避けたかった。

「わかった、わかった。とにかく、いくつかのとこに声かけてみて、推薦してもらった人と会って決めるよ。こんな感じの仕事って話して、やってくれる人がいるかどうかもわからない。それに、嫌だったら、すぐにやめてもらってもいいんだよ。さっきから言っているように、事務所はいっぱいあるし、違うところにまた頼めるんだから」

そこまで言われると、胡雪はそれ以上反対する理由がなくなってしまった。

田中はいつもそうだ。完璧に論理を組み立ててから提案してくる。

桃田が最後にそっと手を挙げた。

「何、モモちゃん」

田中が問う前に、桃田が言った。

「その人、寝室に入ってきたりするの？」

ＩＴ担当としてプログラムを組んでいる桃田は、この中で会社にいる時間が一番長い。

一つの部屋に簡易ベッドを置いて、泊まれるようにしていた。それは社員の誰もが使えることになっていたが、彼の使用頻度が最も多い。そこにパソコンを置いていて、ほとんど彼の自室のようになっている。

会社への貢献度を考えれば、それはごく自然の成り行きだったし、誰もそれを責めたりしていない。

「いや。掃除を頼みたければ、お願いできるけど」

「お願いしたい時は言う。言わなければ、やらないってことにしてもいいのかな」

虫が良すぎるかな、と心配そうに付け加えた。

「ううん。好きなようにしていいと思う。こっちもこういうの初めてだし、とにかく、お互いあまり気兼ねなくやっていこう。さっきも言ったように、うまくいかなければすぐやめてもらえばいいんだし」

そんなふうにして、家政婦を雇うことは決まった。

胡雪は行き場がなくなってしまった。

トイレに入って、便器に腰を下ろす。もちろん、そこはきれいに整えられていた。手拭きタオルや床のマット……なんとなく惰性で置かれていたそれらがすでに洗ったものに取り替えられている。予備のものを使ったのか（それがどこに置かれているのかも、胡雪は把握していなかった)、あの人がここに来て最初にはぎ取り、洗濯したのか……洗濯機には乾燥機がついているからそれは可能なのだけど。

トイレットペーパーの端が三角に折られていないのを見て、少しほっとした。そういう気配りをする女は嫌いだったし、三角に折る時の手はまだ洗われてないのだと少し前に気づいてから、あれ自体も嫌いだった。

社内で家事を努めてやらないようにして、ずっと過ごしてきた。

女だからといって、会社の中で家事をしなければならないわけではないはずだ。それが創業メンバーの「紅一点」という立場だったとしても。

いや、昔は、少しはやっていた。ここを立ち上げた頃には。

鍋パーティーで空のグラスがなくなったら率先して洗っていたし、たこ焼きパーティーをする時は足りない食材のチェックを自然にしていた。

いつからそれをやめたのだろう。思い出せない。

そして、いくらきれいでも、いつまでもトイレに入っているわけにもいかない。

胡雪はジャーと水音を立てて、トイレを出た。

そして、「ぐらんま」社の中枢部ともいえる、CEOの田中がいる部屋の前で立ち止まる。

この会社の事務所は目黒《めぐろ》駅から徒歩十一分(徒歩分数が一桁と二桁では賃料が二万は

違うと不動産屋で言われた）、ビルを真上から見るとクローバーの葉というか、変形ミッキーマウスというか、少し変わったデザイナーズマンションの一角にある。

二つの部屋と一つのダイニングキッチンが放射状につながっているような間取りだ。普通のマンションなら居間にあたる部屋を田中や胡雪、伊丹といった、事務と営業畑の人間が使っており、寝室を桃田を始めとしたITチームが使っている。彼らを、胡雪たちはモモちゃんとその仲間たちと呼んでいる。桃田以外はアルバイト学生だ。

社長が事務や営業と一つの部屋に押し込まれているのは不思議だが、システムとセキュリティーに大きな比重がかかっているこの会社の性質上、誰も異論は挟まなかった。もちろん、IT部屋もベッドも、誰もが使うことができたし、田中はそういうことをむしろ楽しげに言うタイプだった。「社長の僕が一番狭いとこに押し込まれているんですよ」なんて笑って。

しかし、その日、胡雪は自分のデスクのある居間に入りにくかった。

半年前からずっと接触していた、阿佐ヶ谷《あさがや》のレディースクリニックの契約が、どたんばで白紙に戻ったからだ。

「結局、やっぱりね、患者さんのプライバシーが一番大事なのよ、うちのような病院はね」

「ですから、もちろん、うちもそれを何より一番に考えて、最も比重を置いているんです。そのため、あの長谷川《はせがわ》クリニックさんにもご契約いただけたわけですし」

胡雪はもう何度くり返したかわからない説明をしていた。

その時の口調が、もしかしたら、少し強かったのかもしれない。もしかしたら、少し押しつけがましかったのかもしれない。長谷川クリニックという名前を尊大に出しすぎたのかもしれない。

何より、どこか「だから、何度も言っているでしょ」といった雰囲気を感じたのかもしれない。

大先生と呼ばれている、おばあちゃんの先生に、「少し考えさせてくれる？」と断られただけでなく、きっぱりと「しばらく来なくていいから」とまで言われてしまった。

いったい、あそこにはどれだけの労力と時間を割いてきただろう。

女性だから、と担当に任命された。この間は「うちもそういうことに手を着ける時期が来たのかもしれないわね」とまで大先生は言っていたのに。次女の貴子《たかこ》さんと「今度一緒に飲みましょうよ」と言い合える仲にまでなっていたのに。実行はまだだけど。

「まずは、病院内のカルテと調剤の記録だけでも、うちのシステムで再構築させていただけませんか。外とつなげるのはそのあと、いくらでもできますので」

「そうねえ。息子と相談してみるわ」

先月、そう言ってもらえた時には心の中でガッツポーズをしたほどだった。

息子はあそこの二代目、ただ無口なだけと胡雪が心の中であなどっていた「若先生」だ。大先生よりも百倍与《くみ》しやすそうで、これはほとんど決まりだろう、と思った。

しかし、今日行ったら、前と少し雰囲気が変わっていた。

あれは若先生の差し金なのか。それとも、若先生が最近結婚したばかりの、若妻の影響なのか。

彼女は六本木にある会員制のクラブで先生と出会ったらしい。クラブと言っても、元芸者のママがバレリーナやら舞台女優やら、そういう「夢を追いかけている若者」ばかりを集めた店で、妻もホステスではなく、バレリーナの卵として結婚式では紹介した、というのは看護師たちに聞いた。つまりとびきり美しくて、プライドが高い女だということだ。さらに大先生に従いながら、若先生をコントロールし、あの病院をすでに制御しかけているらしいのだから、なかなかのタマだ、と思った。頭もいいのだろう。

彼女に嫌われたのかもしれない。理由はまったく思い当たらない。ただ、同じ歳だということ以外に。

しかし、田中も、レディースクリニックだからと女を担当にするって偏見《へんけん》だろ、考えが当たり前すぎるんだよ、と胡雪は心の中で毒づく。

女が女とうまくいくわけではない。

仕方なく、居間に入る。どんなに嫌でもいつかは行かなければならない。

正面に座っていた、田中がすぐに顔を上げた。彼の顔は色白で少し長い。それは真面目《まじめ》そうに見えて、どこか公家《くげ》のような品の良さも兼ね備えていた。

「あ、胡雪」

あ、じゃないよ。帰ってきたのは聞こえていたはずなのに。

心の中に文句があっても、胡雪はへらへらと笑ってしまった。向こうがいつもと変わらず、優しい笑顔をたたえていたから。柔らかい、こちらを包み込むような温かい笑顔。田中の得意技だ。

「どうだった？」

「ごめん。ダメだった」

田中の前に立って、自然、小さく頭を下げる。

「いい、いい。あそこはむずかしいんじゃないかと思ってた」

胡雪が説明しようと口を開いたところで、彼はさらに笑顔になった。

「でも……」

「しばらく様子見て、次は伊丹に行ってもらおう」

その声はもちろん、すぐ近くにいる伊丹に聞こえて、「おう」と彼は手を挙げた。

それで終わりだった。説明や言い訳さえする必要もなかった。

胡雪は黙ったまま、自分の席に座った。田中の横で、伊丹の前。つまり三人はほぼ三角形に座っている。

営業だけでなく、事務も担当している胡雪にはいくらでも仕事があった。来月の給料の計算もしなくてはならないし、帳簿もつけなければならない。

だけど、すぐに手をつける気がしなかった。

――いつもそうだ。

ここで自分は怒られたり、叱責されたりしたことがほとんどない。

もちろん、学生時代からの友達だけでやっている職場だ。いまだ、友人関係の延長のようなところがあって、上司も部下もない。

田中のCEOは名目上だし、社員と学生アルバイトという違いがあるだけだ。

叱責されたのは一度だけ。会社を立ち上げて六年目、長谷川クリニックが得意先になり、急に収入が増えた時だ。まだ税理士を入れておらず、胡雪が出した確定申告書に大きな記入漏れがあって税務署の調査が入った。

あの頃は胡雪だけでなく、他の社員も仕事が倍増して、会社内がしっちゃかめっちゃかだった。

いや、叱責といわれるほどでもなかったのかもしれない。

税務署から田中と一緒に帰ってくると、桃田や伊丹が心配して「胡雪、ごめんな」と謝られた。田中には税務署を出たところで、「これから気をつけよう」と言われた。涙がどっとあふれた。

きつく叱られないのは、期待もされてないのだと思う。

起業当時、なんとなく、事務と経理を任されることになって、簿記の資格を取った。その後、部屋の中ばかりではつまらない、と訴えて、営業もやるようになった。でも、たいした成果は出せていない。本当は、事務ばかりしていると会社の経営から取り残されるような気がして怖かった。

――田中君が社長をやってくれなかったら、この会社はどこに行ってしまっただろうか。きっと早々に畳《たた》んだに違いない。伊丹は生まれながらの営業、モモちゃんはＩＴの天才。何もない、私。

学生時代、成績だけはわりによかったけど、それはただ真面目にがりがり勉強してきたからだ。

デスクの片隅に、純銀製の名刺入れが置いてあった。前にここにいた柿枝《かきえだ》が、胡雪が営業の仕事をしたい、と言い出した時に贈ってくれたものだった。すぐに錆《さ》びて黒ずむのでしばしば磨かないといけない。けれど、その時間は気持ちを落ち着かせてくれる、良い息抜きになっていた。今はピカピカに光っていて、その必要がない。すぐにでもクロスを使って磨きたいのに。

シルバーが輝けば、輝くほど、胡雪が鬱屈を抱え込んでいる証拠となる。

ふっと、今、柿枝君がいたら、どう言ってくれるかな、と思った。

柿枝駿《はやお》も学生時代、胡雪たちと一緒のメンバーだった。

正直、いわゆる、人間的というか、男性的というか、そういう魅力はこのメンバーで随一だったと思う。

胡雪は最初に柿枝に話しかけられた時のことをよく覚えている。

胡雪は大学の選択授業をどれにするか迷っていた。

まだ、友達と呼べる友達ができていなかった。

新しいクラスに集まった時に、なんとなく席の前後や、隣の人と、前から知り合いのように話しているけれど、皆がなぜそうできるのか不思議でたまらなかった。

いわゆる「楽勝」と呼ばれる、何も勉強しなくても「優」を取れる授業やら、少しは厳しいけれど、おもしろく将来のためになる授業をしてくれる教授やらがいる、というのは聞いていたけど、そんな情報は誰とも話していない胡雪のところに回ってくるはずもなく、ただ、どうしたらいいのかわからずに手をこまねいたまま、選択授業の用紙を事務局に出しに行った。

胡雪が一般教養に選んだのは、「心理」「文学」「ドイツ語」「統計学」などだった。

「心理学はヤバいって」

いきなり、後ろに並んでいた男子が胡雪の用紙をのぞき込んで言った。

「え？」

「心理、めちゃくちゃ人気あるから、たぶん取れない。取れないと、空いている科目に適当に回されるから厳しい『数学』とか『物理』になって、苦労するよ」

「……なんでそんなこと知ってるの？」

どきどきしながら振り返ると、柿枝と田中が並んで立っていた。柿枝は背が高く、なかなかの男前だった。田中は今と変わらず、ただただひょろりと細かった。

「うちの従兄《いとこ》がここの出身だから」

「へーそうなんだ」

なんでもないみたいに応えたけど、内心めちゃくちゃ嬉しかった。見た目がさわやかで、誰にでも屈託なく話しかけていた柿枝は、クラスでも目立った存在だった。

「心理やりたいなら、それほど人気がない『教育』にしたら？　中身は教育心理だし。それでもどうしても心理がよければ来年選ぶか。二年の方が優先されるし」

「そうなんだ」

「あと、生物、おすすめ。イギリスの生物学のテレビ番組のビデオ観てレポート書くだけで易《やさ》しいし、先生もおもしろいって」

「よく知ってるね」

同じような相づちばかりくり返している自分が歯がゆかった。本当は、もう少し、気の利いたことを言いたかったのに。

田中がそこで初めて口を開いた。

「統計はどうせ三年以降、びっちり経済でやるしさ」

「あなたたちも経済なの？」

気がつかないふりをして尋ねた。

「そう。君もでしょ。A組の池内胡雪さんだよね」

柿枝はこともなげに答えた。

あの時……柿枝たちがどうして胡雪のフルネームを知っていたのか、未《いま》だに訊けずにいる。

訊けずにいるけど、「かわいかったから」だとか「きれいだったから」「魅力的だったから」ではないことは、もうずっと前から知っている。

自分がそんなことで男たちから選ばれる女ではないことは幼稚園の時からわかっているのだ。

だけど、それ以外のどんな理由でも、自分ががっかりしそうで怖い。

胡雪は、のろのろとパソコンを立ち上げ、エクセルを使って社員とアルバイトの給料計算を始めた。

単純作業だから考え事をしながらでもできる。

会社事業のアイデアを出したのも柿枝だった。

さまざまな病院で受けた、検査、治療、投薬などの記録をすべて一括して一枚のカードやスマートフォンのアプリで管理できるシステムを作りたい、というのは彼の夢だった。彼の八十を超えた祖母が、多くの病院に通い、自分の症状や投薬を「覚えきれない……」と嘆いているのを見て思いついたらしい。また、彼は祖母がいろいろな病院で何度も何度も同じような検査を受けていることも気になっていた。

「保険が使えるとはいえ、金と時間の無駄遣いだよな。保険料は高くなるばかりだし。それに、祖母《ばあ》ちゃん、ＭＲＩが大嫌いで、あれをやるたびに体調が悪くなっていく気がするんだ」

彼の志を受けて、社名も「ぐらんま」となったのだった。

起業当初は病院側にまったく相手にされなかったが、伊丹のねばり強い営業で、美容整形外科として有名な長谷川クリニックに採用されて、少しずつ顧客が増えた。今では、田中は時に厚労省などの委員会から声をかけられることもある。

——私たちはずっと彼の夢を追っている。

自分がここで家事をしなくなったのは、柿枝がいなくなってからではないか。昔は鍋パーティーの時に灰汁《あく》を取ったり、空いたグラスを下げて洗ったり、そのくらいのことはしていたのだ。

鍋はモモちゃんが作ってくれたし、最後の片づけは皆でしたけど。

そんな時、すっと隣に来て、一緒にやってくれたのが柿枝だった。

胡雪の隣に来てグラスを拭いてくれたり、「胡雪はたこ焼き、どっちが好き？　外カリカリの関東風か、やわやわの関西風か」と訊いてくれたりした。

——そうか。柿枝君がいなくなった頃から家事をやらなくなったのか……いや、違うかな。母と姉が、結婚を迫るようになってからか。

胡雪の六つ年上の姉、胡春《こはる》には、もう小学四年生の子供がいる。その下に幼稚園児の五歳の男の子と二歳の女の子もいる。三人というのは、今時では子沢山の方ではないか。

四年生の女の子を私立中学用の進学塾に通わせるかどうか、というのが、この正月の実家の話題の中心だった。

三人の子供と専業主婦と、その中学受験を支えられる収入がある義兄は商社勤務だ。東急《とうきゅう》線沿線に中古だけど百平米近いマンションを買っていた。

普通。

姉と母はそれを普通と呼ぶ。普通とか人並みとか。

普通という名の、実は、とんでもなくハイレベルのエリート人生。

それに気づかないならともかく、本当は心の底で二人は気づいている。自分たちが一見普通そうに見えながら、すばらしく幸福な場所にいることを。

国産だけどワンボックスカー、ブランドもののベビーカー、流行りのマザーバッグ……それらすべてが「上質の普通」を高らかに指し示している。

そんな場所に胡雪の居場所はなく、正月二日には早々に自分のマンションに帰ってきてしまった。

仕事がある、と言って。

そして、その足で目黒の会社に出社すると、そこには当然のように、モモちゃんとアルバイト学生がいた。年末からずっと泊まり込んでいたらしかった。その日はめずらしく、強引に彼らを誘って飲みに行った。

そう、いろいろ文句を言いながらも、この会社はいつでも居場所を胡雪に与えてくれていた。仕事という口実、同僚という仲間を。

母はここ数年、ちらちらと結婚を勧めてくる。

「お姉ちゃんはその歳には二人の子がいたのよ」と言って。

言われなくてもわかっているし、その一人はお腹の中だったはずだが、それを指摘するのもいまいましい。どうせ「そんなのどちらでも同じでしょ」と言われるに決まっている。

「あんな、男ばかりの会社にいて、彼氏はできないの？」

姉が問うのも毎年のことだ。

だいたい、胡雪が大学を卒業して就職もせず、友人たちと起業する、と言った時、一番反対したのはこの姉だった。

「大きな会社にしか大きな仕事って来ないんだよ」

あの時の、姉のしたり顔をよく覚えている。

なんだよ、大きな仕事って。

姉は結婚前、大手ゼネコンに勤めていたから、文字通りビルとか駅とかを建てることを「大きな仕事」と言ったのかもしれないけど。

しかし、それよりも、姉が心配していたのは別のことだとすぐにわかった。

「お父さんたち、あの子を甘やかしすぎ。なんでちゃんと就職活動させないの。就職活動も人生経験の一つなんだから！」

まあ、そこまではよかった。しかし、姉は本当に言いたいことを後回しにする癖がある。

「妹がちゃんとした会社に入らないなんて、恥ずかしくて君島《きみじま》さんやお義母さんたちにも言えないよ」

君島、というのは義兄の名字だ。

「まあ、いいじゃないか。胡雪は女の子なんだし」

無口な父がめずらしく取りなしているのを隣の部屋から聞いてしまった（その父の言葉も少し気に入らなかった）。

「もしも、その起業とやらがうまくいかなくて、借金でも作ったらどうすんのよ？　お父さんやお母さんに借金頼んできたりして、うちの財産使い込んだり」

「使い込むほどの財産もないよ」

父はうまく話をそらしていたが、姉はまったくひるまない。

「保証人になることを頼んできたり、破産したり、うちまで借金取りに追われたり、やくざが家に来たり……」

すげえ想像力だな、と胡雪は思った。起業するって言っただけで、これだけの物語をあみ出せるとは。実際には、学生時代の友達とアルバイトで貯めた金、一人二十万ずつ出して、百万を出資金に起業しただけなのに。

確かにその後、柿枝が数千万を出してくれる出資者を見つけてくれて、姉が心配するような大きなお金が動いていたことは間違いない。

「そんなことになったらどうするつもり！　ねえ、お父さんてば！」

知らんがな、と心の中で思わずつぶやいてしまった。

とにかく、姉の頭の中では、起業→行き詰まり→借金→やくざの督促→破産みたいな図がきれいにできあがっているようだった。

正義の人は怖い。

自分が正しいと思っている人間はどうしてこんなに偉そうなのだろう。普通からそれることをどうしてこんなに恐れているのだろう。

ただ、起業しただけ、ただ、仲間が欲しかっただけなのに。

ふと、視線に気がついた。

あの、箟みのりがドアのところからこちらをのぞいている。胡雪と目が合うと、こっちこっちと言うように、手招きした。

胡雪が自分の鼻を指さして、「私？」と尋ねると、こっくりうなずいた。

間違いなく、田中でも伊丹でもないようだ。仕方なく席を立った。

「なんですか」

キッチンに入ると同時に、つっけんどんに訊いてしまう。

「あのね、これが夜食」

箟は銅色のアルミの大鍋の蓋を開けた。ふんわりと、カレーとそれだけじゃない、やさしい甘い香りがした。鍋の中にはたっぷりとカレー色の液体が入っている。

機嫌が悪かったはずの胡雪でも、思わず、笑みが浮かんでしまうような匂い。でも、顔を引き締めて尋ねた。

「これ、なんですか」

「カレーうどんの汁」

「こんな鍋、ありましたっけ？」

「上の棚にあったから、使った」

ああ、と思い出した。

昔、鍋料理を初めてする時に、駅前のスーパーで一番大きな両手鍋を買ったのだった。当時は一人暮らしの田中の部屋を会社にしていた。確か、大きさは直径三十センチだった。本当は土鍋がよかったけど、それだけの大きなものになると高くてアルミのしか買えなかった。

田中と胡雪、二人で買いに行ったのだ。スーパーで大きなレジ袋に入れてもらって、二人で片方ずつ、ぶらぶらと提げて帰ってきた。

「人が見たら、俺たち、同棲カップルみたいに見えるかな」

「ばーか」

二人でげらげら笑った。だって、同棲よりずっといいことが始まるってわかっていたから。

お金もなかった、信用もなかった、仕事もなかった。何もなかった、だけど、何かが始まる期待とわくわく感だけがあった。

それから、何度使ったかしれない。鍋料理はもちろんのこと、夏はそうめんを大量に茹《ゆ》で、モモちゃんが山でタケノコを取ってきた時もこれで茹で、秋は東北出身の田中が「芋煮会」をした。最初、くすんだ金色に光っていた表面も、ところどころぼこぼこにへこんでしまっている。

でも、この数年、使っていなかった。ここに越してきた時、地方の有名窯元の土鍋を、取引先から贈られたから。自分たちの仲の良さを知っている相手の、気の利いた引っ越し祝いだった。

「……昔、土鍋が買えなくて」

土鍋はアルミの数倍の値段だった。

「正解」

覚はクイズ番組の司会者のように人差し指を立てた。

「え?」

彼女が言い切った言葉の意味がわからなくて訊き返した。

「正解、これで正解。土鍋は鍋物と炊飯くらいにしか使えないけど、これなら菜っぱも茹でられるし、カレーも作れる。ご飯だってがんばれば炊ける」

「そうですか」

「冷凍庫に冷凍うどんが買ってあるから、電子レンジでチンして、これを上にかけて食べるの」

ああ、それで、カレーだけじゃない、醤油《しょうゆ》と砂糖の甘い匂いがしたのか、とわかった。純粋なカレーじゃなくて、出汁《だし》も入っているんだろう。

「ネギは千切りにして冷蔵庫に入れてあるから上に載せて。汁に入れて煮てもいいんだけど、今から入れると煮すぎちゃうから」

筧はテーブルの上の大皿を指さした。かけてあるラップは湯気で曇っていた。

「これはおにぎりと鶏のから揚げ。こっちは夕食用。大根葉とじゃこと卵を炒めたやつを混ぜ込んだのと、ゆかりと枝豆を混ぜ込んだの、ツナとゴマ油を入れたのの三種類。一人各一個ずつ。余ったら冷凍しておいて、明日チンして朝ご飯に食べるといい。から揚げは冷めてもおいしい味付けになってる。それから、具だくさんの豚汁が土鍋に入ってる」

それはガス台に置いてあった。筧が重い蓋を持ち上げると、また大きな湯気が立った。

「食べる時、温めなおして……それから」

「……それ、私がやるんですか？」

「は？」

それまで、すべてにおいて堂々と振る舞っていた筧が、初めて、虚《きょ》を突かれた顔になった。胡雪は少しだけ、すっとする。だから、さらにきつい声が出た。

「それ、私がしなくちゃいけないんですか、って訊いているんです」

「あんたが……何？」

筧は意味がわからないようで、ますます、「？」という顔になる。

「私が女だから、皆の夕食と夜食の用意をしなくちゃならないってことなんですか？　私に声をかけてきたのは」

低いけど、筧にははっきり聞こえるように言った。

「いや、そんなんじゃないよ」

「だって、そういうことでしょ。私を見つけて声をかけたんだから。私だって仕事があるんですよ。これから、あなたが来る度に、食事の用意を私がしなくちゃならないなら……まあ、途中まで作るのはあなたですけど、最後のそういう用意っていうか、仕上げっていうか、そういうの、私がしなくちゃならないんですか？　そんなの聞いてないし、そういうふうに思っているなら、私、困るんですよ」

「……違うよ」

「どこが違うんです？　現に今、あなた、私を指名して、私に説明してますよね？」

「そういうつもりじゃなかった。そういうふうに思わせたら、ごめん」

筧は意外と素直に謝った。

「ただ、あたしももう少ししたら帰るから、誰かに言付けないと、と思って部屋をのぞいたら、あんたが一番暇そうだったから」

「暇……？」

さらに頭に来た。もしかしたら、女だから声をかけてきた以上に頭に来たかもしれない。

「いや、そんなこと、どうしてわかるんですか。私、給料の計算とかしてたんですよ？それなりに忙しいんですよ。男とは違うけど、男の人がしている仕事とは違うけど、だけど、忙しいのは一緒で」

声が大きくなっている、と途中から気がついていた。もしかしたら、田中や伊丹たちにも聞こえているかもしれない。だけど、やめられなかった。

「バカにしないでよ」

「ごめん。そういうつもりではなくて、でも、さっき部屋をのぞいた時、あなたからは殺気っていうか……覚悟っていうか……そういう気配みたいのが感じられなかったから。他の人と違って。でも、それはあたしのただの感じ方で、勝手な見方だから、間違ってたらごめん」

覚悟……？

胡雪はふっと力が抜けて、近くにあったイスに崩れ落ちるように腰掛けてしまった。

覚悟がないってこと？　私は。

「だから、とっさに声をかけてしまった。女とか、そんなんじゃなかったつもりだけど」

「……わかりました」

もういいです、と言って立ち上がろうとして、今度は本当に自分に行き場がないことを知った。

今の会話が聞こえていれば、居間にも、寝室にも行けない。

「私だって、がんばってますよ……覚悟がないとか、言わないで」

気がついたら、泣いていた。

そんなこと、言われなくても自分が一番わかっている。友達が起業すると聞いて、なんとなくふらふらと付いてきてしまった。本当は別にやりたいことなんてなかった。ただ、大学時代の友人付き合いが楽しくて……男たちの間に、女が一人の「紅一点」の環境を続けたくて、ここまで来てしまった。

お姉ちゃんが言っていたことも当たってる。就職活動から逃げた。

家事をしたくない、と言いながら、女である環境に甘えていることは、自分が一番、よくわかっている。

ずっと一緒だと思っていた。ずっと男女は同権の世界で、中高大と育ってきたのだ。

それなのに。

三十になったら、急に「それじゃあ、だめだ」と言われるようになった。

母から、姉から、心ない親戚から、ふと立ち寄った居酒屋で隣に座ったおやじから、生理不順で通った婦人科医から……。

結婚を強要するわけではないですけど、女性の妊娠に期限があることもまた、事実なんですよ。

阿佐ヶ谷のではない、別の産婦人科医に言われた。

平成元年に生まれた自分が、令和が始まると同時に突き付けられた現実。

そんなことも何も知らないのに、なぜ、この、今日来たばかりの女に「覚悟がない」なんて言われなくてはならないのか。

胡雪がしゃくりあげていると、筧は黙って自分のバッグを出した。ぺらぺらの、バッグというより袋と言った方がいいような、ナイロン製の鞄。スーパーのキャンペーンで配っているエコバッグのような、または、葬式の香典返しのカタログギフトの中から選ぶような、安っぽい、ださい鞄。

そこから、彼女が取り出したのはリンゴだった。

つやつやした、でも、まだまだらにしか色づいていないリンゴが、次々と出てくる。痩せぎすな中年女がリンゴを持っていたら、それは魔女にしか見えない。

「これ、今日、家を出る時に、アパートの大家さんがくれたの。田舎から送ってきたんだって。台風で落ちたやつ。傷物で、あまり赤くないけど、甘いんだって」

これは、予算外、あたしからのお世話になるご挨拶、と言って、小さく笑った。

胡雪は、彼女を雇う時に田中が夜食や夕食用に決まったお金を渡す、と言ってたのを思い出した。その予算外、という意味だろう。

筧はくるくると器用に皮をむいた。むいたものを四つに割って、さらにそれを割って八つにした。

きれいな手をしている、と気づいた。ごつごつと骨ばった体の大きな女なのに、指だけはすらりと長くて白くてしなやかだ。

そのまま食べさせてくれるのか、と思ったら、彼女はキッチンの下の棚から、テフロン加工のフライパンを出して並べた。

コンロにかけ、ごくごく弱火にして蓋をする。

筧の様子をじっと見ていたら、少しずつ涙が乾いてきた。そっと指で拭《ぬぐ》った。

「焼くんですか、リンゴを」

「そう」

その間も、彼女の手は止まらず、残りのリンゴもすべて同じようにむいた。それらを次々と焼いていく。

キッチンにかすかに甘い匂いが漂った。

「砂糖も水も何も入れないの。ただ、フライパンに並べて蓋をするだけ」

途中で、筧はフライパンの蓋を取って、胡雪に見せてくれた。みずみずしかったリンゴからじわりと水が出てきて、端がカラメルのように焦げ始めている。彼女はそれをフライ返しでひっくり返した。

「こうして両面、きつね色に焼ければ出来上がり」

筧は冷凍庫からアイスクリームを出してきた。コンビニなどどこでも売っている、百円台の安いアイスだった。

小皿に丁寧にこんもり盛って、焼いたばかりのリンゴを載せた。

「さあ。まずはこれ食べて」

スプーンを添えて、胡雪に出してくれた。

「本当はデザート用だったんだけど」

そして、胡雪の前に座った。

「……いただきます」

熱いリンゴが載ったアイスクリームはとろりと溶け出している。それと甘酸っぱいリンゴを一緒に口に入れた。

「どう?」

胡雪の顔をのぞき込むように見た。

「おいしい」

「よかった」

筧は立ち上がって、包丁やまな板など、使ったキッチン用品を次々に洗っていく。

「……女の子がいるって聞いて」

水音の中に、小さな筧の声が聞こえた。

「リンゴをもらったものだから、つい、アイスクリームを買っちゃった」

女の子だから甘いものなんて、短絡すぎるよねえ、あたし。

ありがとう、と素直に言えない。

でも、甘すぎない、アイスクリーム以外、砂糖をいっさい使っていないデザートは心をとろかした。

「これ、紅玉《こうぎょく》ですか」

ごめんなさい、という言葉の代わりに尋ねた。

「ん? 違うの。普通のリンゴ。アップルパイとかジャムとか、本格的なお菓子作りに使うなら紅玉だけど、あれは高いし、砂糖をしっかり入れないとおいしくならないからね」

これなら、普通のリンゴでできるから、時々作るんだ、と教えてくれた。デザートなんて柄じゃないんだけど、とつぶやく。

「そうなんだ」

「紅玉を知っているなんて、お菓子作りでもするの？」

「母と姉が」

母たちのケーキは、砂糖とバターを贅沢《ぜいたく》にいっぱい使う。

それそのものが、恵まれた立場を誇示するかのようなお菓子作りだ。

でも、これは、台風で落ちたリンゴをただ焼いただけ。でも、甘い。十分、甘くて優しい。

途中から、アイスが溶けきって、焼きリンゴを溶けたアイスのソースで食べているみたいになった。それもまたおいしい。

今の自分に一番合っているデザートだと思った。

「女の子がいるって聞いて、デザートを作るなんて、女は甘い物好きだっていう、もしかしたら、思いこみや差別かもしれないけど」

筧はつぶやいた。

「でも、相手を喜ばしたかっただけ。それだけ」

「ありがとうございます。私も感情的になってすみませんでした」

そんなふうに人に謝ったのは久しぶりだった。なんだか、すっきりした。

「男の役割とか女の立場とか、そんなに気にしなくてもいいじゃないの」

篁がさらりと言った。

「あたしが家政婦やってるのは、ただ、この仕事がよくできて、好きだからだし」

「あ、なんか、いいもん、食ってる」

急に声をかけられて驚いた。

仮眠から起きたらしい、モモちゃんがキッチンをのぞいて叫んでいた。

「うまそう。おれにもちょうだい」

「これはデザート、皆はご飯のあとだよ」

篁はモモちゃんにも夕飯と夜食の説明をした。さっき胡雪にしたのと同じように。

これはおにぎり、これは豚汁、冷凍うどんはチンしてカレー汁をかけて。

「うわ、おいしそうだなあ」

「徹夜や夜遅くまで仕事する人には、カレーうどんっていいんだって。消化がよくて、スパイスが脳を活性化する」

「へえ、そうなんだ」

「できたら、食べたあと、三十分くらい仮眠するとさらに効率がいいらしいよ」

「そんな時に寝たら、もう、目覚めない永遠の眠りについちゃいそう」

筧とモモちゃんが声を合わせて笑った。

そうだ。女の子のために甘いものを（でも甘すぎないものを）作るのと、徹夜の人のためにカレーうどんを作るのと、どう違うのだろう。

「カレー一口、味見させて」

「少しだけだよ」

筧は小皿にすくったカレーを彼に差し出した。

「うまーい！」

「油揚げとちくわと玉ねぎが入ってる。食べる時に、ネギを別に載せるんだ」

「これ、うまいなー、ご飯にもかけたい。普通のカレーと少し違うけど」

「カレーうどんの極意、知ってる？」

「なんですか？」

胡雪と桃田は同時に子供のような声をあげてしまった。

「一さじの砂糖だよ。それを加えることで、味に丸みが出る」

「へえ」

「じゃあ、あたしはそろそろ帰りますから」

筧はキッチンを磨き上げて、エプロンをイスの背にかけ、コートを着込んで、あのペラペラバッグを手に持った。

「さあ、失礼しますよ」

玄関に向かう筧を、皆、部屋からぞろぞろ出てきて見送った。

「ありがと、あんした」

「また、今度」

「いいんだよ、あたしは仕事で来ているんだから」

さあ、仕事に戻って戻って、と筧はしっしとするように、手を振った。

「こんなの、今日だけでしょ。そのうち、慣れたら誰も顔を出してくれなくなるんだから」

「ばれたか」

伊丹が笑った。

筧が部屋を出て行くと、誰ともなく顔を見合わせて、「俺たちもご飯にしますか」と言い合った。

田中や伊丹たちもキッチンのテーブルで、思い思いに、おにぎりと豚汁を食べ始める。

「これ、うま」

大根葉のおにぎりにかぶりついていた田中が思わず、という感じでつぶやいた。

「こっちの、ゆかりおむすびもなかなか」

「から揚げ、最高。なんか、運動会のお弁当思い出す」

「豚汁、身体があったまるな」

皆、きっと、さっきの胡雪と筧のやり取りを聞いていたのだろう。だけど、自然に食事が始まったことで、誰も何も言わない。

悪くないね、家政婦、と胡雪がつぶやいた。

だろ、と田中。

「じゃあ、まあ、しばらく来てもらうか」

「そうだな」

「賛成！」

モモちゃんが一番大きな声を出した。

食べ終わると、また、皆、順番に皿や容器を洗って片づけた。

胡雪はびっくりしていた。

このところ、なんだか、ずっと孤独だった。なんだか、「ぐらんま」はずっとぎくしゃくしていた。

それが、赤の他人が一人来て数時間いてくれただけで、家族みたいにご飯を食べている。

自然に筧のエプロンを畳んで、戸棚にしまった。なんの義務感もなく、こだわりもなく。

さあ、私も仕事に戻りますか、と胡雪も少し微笑《ほほえ》んだ。

第二話

ポパイじゃなくてもおいしいスープ

大久保《おおくぼ》の海外送金所でスタッフのマリに送金の準備をしてもらっている間、マイカはスマートフォンのLINEアプリを開いた。

朝、届いた叔母からのと「ぐらんま」社員、池内胡雪から「今日、何時に来れるの?」というメッセージがすぐに目に入る。

叔母からの「$400,asap（四百ドル、できるだけ早く）」というメッセージにはすぐに「IC（わかった）」と返事を返したのに、胡雪のには既読さえ付けずに読み飛ばしてあった。

胡雪のことは嫌いではないが、いつも、どこか恨みのこもった目つきでじっと考え込んでいることが多い彼女の存在自体が、なんとなく面倒くさい。

叔母には「K（OK）I sent that（送った）」と書いた。後の方は「IST」でも通じたかもしれないな、と思いながら。

マニラの郊外に住む叔母に金を送るのは数ヶ月に一度以上の頻度で、送金所のスタッフから「元気ー久しぶりー」と気安く声をかけられるほどマイカはここの常連だ。

マイカの方も、日本では「マリ」と名乗っている、今、目の前でパソコンを使っている中年女性のフィリピン人スタッフが好きだ。たぶん、本名は「マリア」なんだろう。つっこんで訊いたことはないけど。ブースで仕切られた、彼女のデスクにはいつもキャンディーの山が入ったカゴが載っていて、マイカに差し出してくれる。今もそれは口の中にある。

銀行で最低でも一日はかかる海外送金が、ここなら、一時間ほどで向こうに渡る。そのため、日本で働く外国人たちのたまり場のようになっていた。

「ねえ、あなたがモデルやってる雑誌、娘が見てたよ。写真だとすごく大人っぽくてびっくりした」

マリがこちらに視線を送りながら言った。

「すごいじゃないの。将来は芸能界にでも入るの?」

「もう、おばちゃんだもん、無理だよ」

「あたしの前で、おばちゃんとか言う?」

マリはどう見ても四十以上だ。

「違う、違う。日本の芸能界では、ってこと。二十過ぎてるし。あと、私は顔が外人すぎてだめなんだって。日本語も流暢《りゅうちょう》すぎるって」

「てことは、スカウトされたことあるんだ」

「一応、事務所に所属してるからさ。一、二度オーディション受けさせられたことあるんだよね。だけど、もっと片言っぽく話せませんか、とか言われて嫌になっちゃった」

「ふーん」

マリはあっちの事情もこっちの事情もよくわかっていて、たびたび、数百ドル単位の送金を申し込むマイカに「OKだよー」と言うだけで手続きを進めてくれる。「大変だね」とも「偉いね」とも言わない。ただ、昨日のテレビ番組だとか、最近飼い始めた猫だとかの話をしている。

だって、それはマイカたちの世界では当たり前のことだから。

こうしてお金を送ることは、マイカが十代、高校生でアルバイトができるようになった頃から始まった。

十六歳でファストフードの店員として数万円の給料をもらった時、「アンジェリカに百ドル送りたいんだけど」と母に言うと、彼女はしばらくマイカの顔を見ていた。それから、送金所の場所を教えてくれた。

母はあの時、なんと思ったのだろう。孝行《こうこう》な娘だと思ったのか。自分の娘もまた、その終わることのない貧困のループに巻き込まれたと思ったのか。昔、自分がマイカにした所行《しょぎょう》について思い及んだのか。

それをそのうち訊いてみよう、と思いながら、何年も経《た》ってしまった。たぶん、母は覚えていないだろう。なんでも忘れてしまう人だ。自分の子供のことも。

長い付き合いだから、マイカが送金している理由も相手も、マリは知っている。知っていて何も言わないけど、クリスマス頃になると、駄菓子の詰め合わせだとかださいオリジナルTシャツだとかをくれる。それがマリの「がんばってるね」「偉いね」の言葉なのだ。何もかも開けっぴろげなフィリピーナにはめずらしい行為だ。彼女もまた、日本人の感覚に染まっているのかもしれない。去年のTシャツには「money&love」と赤地に黄色の字で書いてあった。送金所が作る販促用のTシャツが「money&love」だなんてあまりにも直接的すぎないか、と思いながら、マイカはちょっと気に入って寝間着にしている。

愛はお金じゃない。お金で愛は買えない。金より大切なものがある、とこの国は言いすぎる。

愛じゃなければ、「仲間」だとか、「絆」と言葉を換えてもいい。

それらは「金」より大切なのだと。

じゃあ、この送金所で、皆が送っているものが「愛」でなくてなんなのだろう。

ここでやりとりされているのは、愛そのものだ。

「今年もTシャツ作ったんだ」

マリがにっこり笑って言った。

「クリスマスの頃、来てよね。あげるから」

「今年のはどんなの？」

「ふふふ、秘密。でも、かなりパンチが利いてるよ」

クリスマスまで数週間しかない。ということは、それまでにマイカがまた来ると踏んでいるのだろう。

「それまでに来ないかもしれないし」

マイカの答えを聞いて、マリは小さく肩をすくめた。

それはどうかしら、と言いたいのかもしれない。

確かに、日本人が「年を越せない」「餅代がない」と金欠を表すのと同じように、「クリスマスプレゼント代がない」という言葉で金を送らされるのはよくあることだった。

ただ、マイカはほんの少し、いらっとした。マリのしぐさに、どこか「お見通し」と言いたげな様子が見えたから。

さまざまな理由を付けられて、本国の家族親戚から金をせびられる人間をマリは見てきているだろう。時には詐欺まがいの行為や、犯罪すれすれの送金もあったはずだ。

だけど、叔母のアンジェリカはそんな人間じゃない。本当に困っているし、マイカが送金しなければ家族は路頭に迷う。ここ数年、彼女が新しい服やアクセサリーを一つも買っていないことも知っている。マイカのお下がりを喜んで着ているのだ。

「用がなくても遊びに来ればいいじゃない。マイカなら歓迎よ。何もなくても。皆、よく来るよ。おしゃべりしに」

すっと黙ってしまったマイカの気持ちを察したのか、マリがすかさず言葉を重ねた。

こちらに気を遣ったのかもしれないが、用もなくここに来る人もいるのはありそうなことだと思った。多額のお金を扱っているのに大丈夫かしら。

「じゃあ、クリスマスケーキ持ってくるかな」

「それはやめて。皆、同じこと考えるから、ケーキの大渋滞起こる。しょっぱいものの方がいい。酒のつまみになるような」

マリは酒が飲めるのか。確かに、酒が強そうな顔をしている。

「さあ、終わった。ここにあなたがサインして終わりよ」

「ありがとう」

お礼を言いながら、だけど、この送金所にはもう来ないかもしれないな、と思った。

三歳の時、マイカは初めて飛行機に乗った。

子供が一人で飛行機に乗ることって、現代ではどうなっているんだろうか。普通は許されないんじゃないか。それとも、あの路線、フィリピンに行く路線に限ってはできたりするのかもしれない。自分みたいな子供は今でも多そうだから。

当時、マイカの母親は日本で厳しい立場に置かれていた。だから、あの時、祖母や叔母が住んでいるマニラ郊外の村に送られたのは仕方ないことだった、と今は納得している。

でも、たった三歳の時一人で約五時間のフライトをさせられた、心細げな幼い自分のことを思い浮かべると、マイカは胸がきゅうっと痛む。

マイカの父親はトラックの運転手だったのに、マイカが生まれた頃にはほとんど仕事をしなくなっていた。

日がな一日、家でだらだらしている父に母がキレて、いつも家の中は殺伐としていた。家事もせず、母が夜の仕事から帰ってくるまでゲームに熱中していることさえあった。空腹のマイカをほったらかしで。

そのくせ、母が離婚を切り出すと、父はマイカの親権は渡さないと言い放った。昼も夜も仕事をしていて日本語もおぼつかない母より、近所に両親が住んでいて、やる気になればすぐにトラック運転手として就職できる自分の方が、親としてふさわしいと裁判所は判断するだろうと脅したのだ。

いつかマイカを取られるのではないか。自分が仕事に行っている間に、どこかに連れ出されるのではないか。その恐怖で、母はマイカをマニラへの直行便に乗せた。お客のつてのつてをたどって、なんとか航空会社に頼み込み、一人で乗せてもらった。

「あの人にそんな甲斐性《かいしょう》あるわけないじゃないねえ。子供を連れていくほどの度胸ややる気があったら、離婚してなかったわ」

あたしはどうかしていた、と今のマイカの母は笑うけれど、その時は真剣そのものだった。

客室乗務員のお姉さんはたぶん皆優しく気遣ってくれたはずだけど、マイカは一度も笑わずにフライトを終えたらしい。

たぶん、とか、らしい、というのは、それを叔母のアンジェリカから聞いた記憶から推測するしかないからだ。

「係の人と手をつないでやってきたあんたは本当にかわいかったのよ」とアンジェリカは何度も言った。「白いウサギのリュック（ぬいぐるみの腹にチャックがついていて荷物が入るようになっている）をぎゅっと抱えて、こっちを大きな目で見ていた」

しかし、そのアンジェリカは空港に二時間も遅れて来たのだった。それもまた、あとから聞いたことだけど、そのくらいの遅刻はフィリピンでは当たり前のことなのか、悪びれずに「だって起きたら、もう、マイカが空港に着く時間になっていたんだもの」と笑っていた。

三歳の自分は、空港でどれだけ不安な二時間を過ごしたのだろうか、とマイカは考える。ものごころついてから同じことをされていたら、許せなかったかもしれない。

アンジェリカはマイカの母の、八歳若い妹で、当時二十《はたち》ちょっとだった。彼女も一度、日本で働いたことがあって、片言の日本語が話せた。だから、他に三人いた叔母の中で、自然、自然、マイカの養育係のようになった。

マイカはフィリピンに着いたその日の夜、久しぶりにおねしょをしてしまった。まったく知らない場所、知らない人たちに囲まれた家での粗相に泣いていると、アンジェリカは黙って片づけてくれた。もう一度、シャワーで体を洗ってくれた。

「温かいシャワーが出る家はこの村でうちだけなんだよ」とアンジェリカは言った。

「お祖母ちゃんがメイドとしてシンガポールで稼いでくれたからね」

その後何度も聞かされることになる話をしながら。

「ごめんちゃい、ごめんちゃい」

マイカは泣いて謝った。温かいシャワーといっても、それは日本のに比べたらずっと温度が低いしなかなか温まらない。足がぶるぶる震えた。悲しさと不安で。

「何言ってるの」

アンジェリカは濡れたマイカをぎゅうぎゅう抱きしめた。

「何を謝っている？　家族なんだから当たり前だよ」

その思い出だけでも、マイカはアンジェリカに恩を返そうとしただろうけど、その後も彼女はずっと優しかった。

一歳になる前から日本の保育園に預けられていたマイカには、もうその歳で「人に迷惑をかけちゃいけない、約束は守る、時間に正確に行動する」などの精神が無意識にたたき込まれていたらしい。マイカが「ごめんちゃい」と回らない口で言うと、皆、笑った。

「当たり前じゃないか、家族なんだから。この子は本当におかしいな」

しばらくすると、マイカは彼女たちからの荒っぽいけど濃厚な愛情を当然のように受け入れるようになった。起きたら着替えさせてもらって、ご飯を食べさせてもらって、遊んでもらって、何か欲しくなったらせがんで、また食べさせてもらって、飲ませてもらって、お風呂に入れてもらって、夜、寝かせてもらう。ただただ、怠惰に人の愛情を受け取る日々。

祖母とアンジェリカたちは食堂をやっていたから、マイカもほとんどの時間は店の片隅にいた。ご飯時は、ずっと赤いプラスチックのイスに座って、店の中を見ていた。

「おとなしくて、行儀のいい子だね。やっぱり、日本人の子だね」

いったい、客たちに何度同じことを言われたか。

だけど、客が去ると、マイカはずっとアンジェリカの脇にいた。一番安心する人のスカートをつかんで育った。

三年経って、マイカの母親がフィリピンに迎えに来た。

小学校が始まるのと、父親と完全に別れられて、親権を勝ち取ったからだった。

アンジェリカと引き離される時、マイカはぎゃんぎゃん泣いた。飛行機の中でもずっと泣いていて、母親に「まるであたしが誘拐してきたみたいじゃないか、いい加減にしな」と怒られるほどだった。

日本の小学校に入って、アンジェリカとマニラの食堂の思い出は遠い日々となった。日本の人は皆、フィリピンでの三年間を聞けば、「大変だったでしょ」とねぎらってくれる。

いや、あの日々は幸せだった。いつも、アンジェリカやお祖母ちゃんが近くにいて、貧しかったけれど、存分に甘やかしてくれた。誰かに包まれている感覚がいつもあった。人をうらやまない人間に育ててくれたアンジェリカに、マイカは感謝している。

その彼女に、お金を送るのは当然のことなのだ。

送金所を出て新大久保《しんおおくぼ》駅に向かって歩いていると、アンジェリカからLINEでテレビ電話がかかってきた。

「ありがとう、マイカ」

映像をオンにすると、彼女はいきなりこちらに投げキッスを送ってきた。「んま、んま」と言いながら、手を唇に当て、何度も何度も。

それを苦笑いで受けながら、「大丈夫。もう送ったから」と応えた。

「本当にありがとう」

マイカは駅前に座る場所がないか探したが、何もないので歩道の柵に腰を下ろして話を続けた。

「サラ・ジーンは元気？」

「元気、元気。いい子にしてるわよ」

アンジェリカは後ろを振り返り、ベッドを見るしぐさをした。彼女の肩のあたりに呼吸器がちらりと映った。

サラはアンジェリカの最初の夫との子だ。マイカが日本に帰国したあとで知り合ったらしい。彼女によると、マイカがいなくなっちゃって心に隙間ができたから、自分の子供がとにかく欲しくなって、あんな男にだまされたのだ、ということだった。

真偽はともかく、その説明をマイカは少し気に入っていて、悪い気はしていない。

彼はフィリピンに仕事で来ていたアメリカ人だった。結婚前は優しく、ひざまずいてプロポーズするという情熱的な態度で、アンジェリカを一瞬にして虜《とりこ》にした。

二人は数ヶ月で結婚し、アンジェリカはサラ・ジーンを妊娠した。そのとたん、彼の凄絶な暴力が始まった。

早急な結婚を家族に反対されていたアンジェリカは実家に助けを求めることができなかった。傷やあざのついた顔を見せられないため、彼女は親や友人から離れることを余儀なくされた。彼の暴力はさらに凄まじさを増し、とどまることを知らなかった。度重なる暴力と、その精神的苦痛のため、アンジェリカは八ヶ月で早産し、一キロ未満の超未熟児を産んだ。

子供はずっと保育器の中に入ったままで、一ヶ月後、退院した時には脳性マヒの診断を受けた。それから、十年近く、サラ・ジーンは歩くことができず、学校に通うこともできずにいる。

一つだけありがたかったのは、そのアメリカ人暴力夫が病院で保育器に入った小さな小さな赤ちゃんを見て、どこかに行ってしまったことだ。おかげでやっと別れることができた。婚姻届をちゃんと出してなかったことも、アンジェリカにはプラスに働いた。

数年後、アンジェリカは現地の男と二度目の結婚をし、男の子を産んだ。

彼は裏表なく優しくて、暴力も振るわない。夫婦仲はとても良いらしい。けど、仕事が長続きしない。だいたい、フィリピンで男がまともなサラリーをもらえる仕事はごくわずかだ。サラの世話があるアンジェリカも働くことができない。祖母が開いていた食堂を手伝ってくれたらいいものを、それは嫌なようで、のらりくらりと暮らしている。義母がどこかうざいのは、あの国でも同じらしい。

サラ・ジーンが行けるような学校はフィリピンには少ない。あっても、当然、高額なお金がかかる。いつか、アンジェリカとサラ・ジーンを日本に呼び寄せ、サラをこちらの特別支援学校に入れるのが、マイカの密《ひそ》かな夢だった。

昔、アンジェリカはちらりと「看護師になりたい」ともらしたことがある。サラの妊娠時、優しくしてくれた看護師たちに憧れているらしい。彼女のその気持ちが本気なら、こちらに来て看護学校に入ればいいのに、とマイカは思う。その学費もマイカが出してやりたい。

マイカにはしたいことがたくさんある。それにはお金がいくらでもかかる。就職なんて生ぬるい。起業したい。社長になりたい。そして、たくさん金を稼ぎたい。

「サラを見せて」

マイカが頼むと、アンジェリカはスマートフォンを娘に近づけた。

鼻に人工呼吸用のチューブがついている。最近、やっと固形物を食べられるようになり、喉のチューブは外された。

「サラー」

手を振ると、彼女はどこを見ているかもわからない視線で、でも、こちらの声にかすかに反応した。ほんの少し、口元がゆるんだ気がした。

「チューブがとれてから、本当に元気になったのよ。声も出せるようになったし」

アンジェリカは顔をほころばす。

「会いたいよ、サラ」

マイカは画面に向かって、必死に手を振った。会ったのは一昨年《おととし》フィリピンに遊びに行った一度きりだけど、マイカはサラを本当の妹のように思っていた。

「次に声を出したら、動画に撮って送って」

「もちろん。お金を本当にありがとう、マイカ。愛している」

「私も」

二人はお互いにまたキスを投げて、電話を切った。

ふっと顔を上げると、大学生くらいの男がこちらをじっと見ていた。

その視線で、自分が少し涙ぐんでいたことに気がついた。慌てて指で涙を拭う。

「大丈夫？」

その隙に男が自分の前に来ていた。

「大丈夫、大丈夫」

手を振って、立ち上がる。

「なんだか、つらそうだったからさ、君。心配だよ」

駅に向かって歩くマイカに、男はついてきた。

「大丈夫。イッツオーケー。ノープロブレム」

めんどうくさくなったので、こういう時によく使う手、ワタシニホンゴシャベレマセーン、の技、英語を使うことにした。

ところが、男はまったく問題なく会話についてきた。

「本当に大丈夫？　つらいことがあるなら話、聞くよ」

妙に訛《なま》りの強い英語だったが、どこの訛りかはわからなかった。

「だから、しつこいんだよ。急いでんだよ、あたし」

ドスの利いた、今度は日本語で答えると、男がはははは、と上を向いて笑った。

「じゃあ、僕が電話番号を渡すから、もし、大丈夫じゃなくなったら、電話くれるのはどう？」

マイカが顔をしかめると、気が向いたらでいいから、と付け加える。

その時になって、やっと彼の顔をちゃんと見た。

ちょっと前髪を厚めにたらし、天然パーマの髪をマッシュルームカットにして、昔の外国人ミュージシャンみたいな雰囲気にしている。鼻の穴がこちらを向いているのがいい個性になって、ちょっとかわいらしい顔だ。

「電話はしないと思うけど、渡すのは勝手よ」

彼はパスケースから名刺を出した。

「ユーチューブのアドレスが書いてあるね」

「そう」

「ユーチューバーなの？」

少しあきれたような様子が顔に出てしまったかもしれない。

「専門学校でレコーディングスタッフになるための勉強をしながら、スタジオでアルバイトをしているんだけど、配信もしてるんだ。一人で〇〇演奏してみた、みたいなの、知らない？」

彼は今年の紅白に初出場する歌手の名前を挙げた。

「あれを一人で演奏する動画とか」

「知らない」

知らないかあ、残念、と彼は軽く身悶《みもだ》えした。

「最近、ちょっと有名になってきたんだけどなあ。まあいいや。よかったら、観《み》てみて」

「電話だけじゃなくて、動画のアドレスまで、渡してくるんだ」

短い会話の中に、自分の情報をぎっしり詰めてくるやつだな、と思った。

「そりゃ、ここ数年で町中で見かけた女の子の中では一番美人だと思ったんだから、精一杯自己PRしないとね。自分の一番いいところを見せないとでしょ」

そこまでPRしたにしちゃ、わりにさっぱりと、改札口のところで「じゃーねー」と手を振って離れていった。

意外と手慣れているのかもしれないな、と電車の中でマイカは思った。電車内までついてこられたら面倒だと思っていたから。名刺はすぐに握りつぶして、でも、駅構内にゴミ箱がなかったので、会社に着いてから捨てようとパンツのポケットに入れた。

「おねいちゃん！」

待ち合わせの渋谷《しぶや》ハチ公前に着くと、制服姿の異母妹、優花《ゆうか》が大きく手を振った。

そんなに大仰な挨拶をしなくてもわかるのに、とマイカは苦笑する。

異母姉の表情に気づいているのかいないのか、彼女は走ってきてその腕にしがみつく。

マイカのもう一人の妹だ。サラ・ジーンともう一人の。

「おねいちゃん、期末テスト、終わったんだよ。なんかおごってよ」

そして、後ろにいる、自分の友達に「バイバーイ」と手を振った。

マイカも振り返って、その友達に会釈した。

彼女たちは、きゃーという悲鳴ともつかない声をあげる。

「いいの？」

「ん？」

「友達。一緒に来たんでしょ」

「いいの、いいの。優花のおねいちゃんが『fancy』のモデルだって言ったら、一目見たいって勝手についてきただけだからさ。ファンなんだよ」

口でそう言っても、彼女はもう一度振り返り「ごめんねー」と謝った。

黒いぶつぶつのある団子鼻に短いスカートからのぞく太い足。優花はマイカと腹違いの姉妹にはまったく見えないほど、似ていない。そして、だからこそ、彼女はここに友達を連れてきて、異母姉を見せびらかしたのだろうということはうっすらわかる。

あの時、マイカをネグレクトした父は、その後再婚し、新しく日本人の女性と五人家族を作った。マイカとは中学生の時に再会し、母親の違う妹弟が三人もいる。

不思議なのは、あれほど働かなかった父が、その女と再婚したとたん、女の親が経営している建設会社に就職し、普通の家庭を築いたことだ。下手すると、そのうち、義父を継いで社長になるらしい。

いったい、どういうことなんだろうか。

女が代われば、男は変わるということか。やっぱり、日本人同士がよかったのか。年齢や環境のせいなのか、相手が専業主婦だからなのか、それとも、たまたま偶然なのか。だったとしたら、アンジェリカのあの最低アメリカ人暴力夫も、今頃本国でちゃんとした家庭を築いているのかもしれない。男女の関係は謎だ。

妹たちにマイカのことはずっと秘密だったのに、数年前、父がちゃんと告白してから会うようになった。今ではＬＩＮＥも交換しているし、特に長女で中二の優花とはこうして彼抜きでお茶を飲むことさえある。

「なんか食べたいものある？」

「おねいちゃん、夜パフェって知ってる？」

「ああ、前、開店の時に取材と打ち合わせをかねて、編集者さんと行ったわ」

札幌《さっぽろ》からの流行だという店には行ったことがあった。

「優花も行きたい」

「あの店は夜にならないと始まらないよ。それに、見た目が派手なばっかりでたいしておいしくない。何より、今冬だよ」

「えー、行きたいのになあ」

「じゃあ、どこかでパフェ食べようか」

ネットで検索して、老舗《しにせ》のフルーツパーラーの支店を見つけた。

二人並んで、果物がどっさり載ったパフェを食べていると、マイカでも少し気持ちが弾んでくる。

「だからさ、優花は〇大ならどこの学部でもいいわけ。だけどパパは理系の学部か英文か経済にしろってうるさいわけ。高校は理系コースを選べとかさ」

夜パフェでないことに気落ちしていたが、写真映《ば》えするパフェに妹はすっかり機嫌が直ったようだった。

「でもさ、今の時代、大学で何を学ぶかなんて、たいして関係ないじゃん。それより、大学名じゃん、就職に必要なの」

いっぱしの口を利きながら、クリームを頬張《ほおば》る。

何不自由なく成長し、ピアノを習い、大学までエスカレーター式の私立女子中学に入学した。バレーボール部に入って、どんな学部でもいいから大学に入ればいい、と話している妹を見ていると、マイカは奇妙な気分に襲われる。

あのマニラでの三年間の日々、そのあとだって、母親が夜の仕事から帰ってくるまでいつも一人でアパートにいた。何度もフィリピンに帰りたいと思った。中学生の時、もう少しでぐれそうになった。ハーフの顔立ちで仲間外れにされたことは一度や二度じゃない。高校生で読者モデルになったのは学費とアンジェリカへの仕送りのためだ。

そんな自分とこの異母妹とのへだたりはあまりにも大きすぎる。たった六つしか違わない。半分は同じ遺伝子を持っている。だけど、彼女は金の心配をしたことはないようだ。その大学に行くのに、誰が学費を払うのか考えたこともない。高校の理系コースだって。そんなものがマイカの高校にあったらどれだけ行きたかっただろう。

もしかしたら、自分にもこういう人生があったのではないか。こんな、裕福で穏やかな人生が。

「あーあ、優花は不幸だよ」

急に、妹が言い出して、驚いてその顔を見つめた。

「なんで、なんかあったの⁉」

思わず、怒鳴るような声が出てしまう。腹違いで、最近その存在を知ったばかりでも、妹が不幸なのは見逃せなかった。

「え？」

マイカの剣幕に、向こうの方が驚いている。

「何が不幸なの？　おねいちゃんができることなら、なんでもしてあげるよ」

本心だった。

「いろいろさ。進学とか、親とか……友達だって、皆、優花のことなんて、ちゃんとわかってくれない」

「それから⁉」

「それだけ」

優花はため息をついた。

こちらの方がため息をつきたくなった。

「優花は不幸じゃないよ、ちゃんと親がいる」

「あと、ブスだし」

顔なんてどうでもいいことだ。彼女だって大学生になり、少し痩せて、いい化粧品を使うようになれば、見違えるように美しくなるだろう。その時になっても、マイカを

「おねいちゃん」と呼んでくれるだろうか。

「ちゃんと考えた方がいいよ」

気づいたら、少し低い声が出ていた。

「え？」

いつも自分の言うことをうんうん聞いてくれる異母姉が意見したので、驚いたように優花は言った。

「学部、結構大切だよ。やりたいことをやった方がいい」

「やっぱり」

優花は目をきらめかせながらうなずく。

「なに？」

「やっぱり、おねいちゃん、ハーフだよね。言いたいこと、ずばずば言うもん。かっこいい」

思わず、二回目の苦笑がもれた。

「じゃあ、優花もちゃんと考えるわ。学部」

「考えた方がいいよ。やりたくないことを四年間ずっとやるなんて、地獄だからさ」

「……ねえ、優花、少し太ったよね」

「え？」

急に話題が変わって、今度はマイカが驚く。

彼女はすかさず、通学バッグから小さな鏡を取り出して、顎のあたりをなでる。

「二キロ太ったら、このへん、なんかぽっちゃりしちゃって」

「そうかな」

「おねいちゃん、はっきり言ってよ。皆、そんなことないっていうけどさ、おねいちゃんなら言ってくれるでしょ。ハーフなんだから」

周りの人とは違っても、自分の人生を呪ったことはないし、妹を恨んだことはない。

これはマイカの人生なのだから。

もし、不幸だと言うなら、夫に暴力を受けて脳性マヒの子供を産むことになったアンジェリカのような人を言うんじゃないか。

「ぐらんま」に着くと、最初にキッチンに入っていった。

「こんちはー」

最近、そこに来るようになった、家政婦の筧みのりに挨拶する。

「おお、元気?」

彼女は芋の皮をむきながら振り返った。

「うん。今日、ご飯、何?」

「あんたも食べてきゃ、わかるさ」

「じゃあ、パフェ食べてきたんだけど食べる」

「あんたのいいところは、若い子にしちゃ、食べっぷりのいいところだよ」

「それだけ？」

「顔もいいよ。本当にきれいな顔してる。ハリウッド女優みたいな顔だよね」

筧のような裏表のない、お世辞は間違っても言わないような女にストレートに褒められると、家を一歩出れば誰かしらに褒められるマイカでもちょっと照れる。

「お母さんはさぞかしおきれいな方なんだろうね」

「ううん、普通だよ。ちなみに父親も結構、普通の顔。だからあたし、日本とフィリピンの奇跡って言われてるの」

顔を褒められた時にはいつも使う、自虐とも自慢ともつかない言葉を、表情を変えずに平然と言い切った。

「隔世遺伝かな」

「お祖母ちゃんとはあんまり似てないよ。背も低いし」

「じゃあ、お祖父《じい》ちゃん？」

「そんなこと、知らないよ」

すると、そこに胡雪がせかせかと入ってきた。

「マイカちゃん、やっと来てくれた。こっち来て、手伝ってくれる？　公式ホームページの英訳もしてもらいたいの」

「はいはい」

マイカは筧にだけ、小さく肩をすくめて、「じゃ、あとでね」と言った。

「あ、そうだ。ＩＴ部屋の、桃田さんが使ってる毛布が少し臭うようになってたから、洗っといて」

キッチンを出る時思い出して、筧にそう言いつけた。「わかった」と彼女は振り返らずに応えた。

居間に入ると、ＣＥＯの田中と胡雪が何かこそこそと話していた。

「マイカちゃん、先に、データの入力、よろしく」

胡雪が、バイト用の席にどさっと分厚い書類を置いた。それをパソコンに入力するだけの「簡単なお仕事」だ。

胡雪が何度もマイカにメッセージを送ってきたのは、こんな仕事のためなのか。そんなの外注すればいいと思うのだけど、彼らに言わせると、長谷川クリニックの患者さんたちの大切なデータだから、外に出せない、ということだった。

実際、データ入力はほとんどが外注だ。だけど、最初のお得意さんになってくれた「長谷川クリニック」だけは別格で、院長にしつこく言われているからかもしれないが、ここでやることにしている。

とはいえ、ほとんどが数字の羅列で、誰が見たってすぐにわかるようなものではないのだが。

あまりありがたくはない仕事でも、ちゃんと「はい」と応える。それがビジネスマナー、というか、ここでは普通の態度だということは知っているから。

だいたいマイカは高校時代からモデルのアルバイトもしているし、学べることがもうないなら別にここで働かなくてもいいわけだ。

もう少し、おもしろみのあるバイトに替えようかな、とぼんやり考えながら単純な仕事を続ける。

ＣＥＯの田中はまあ、いい人だし。退屈だけど。

マイカは田中と二人きりで食事をしたことがある。

もちろん、事前に約束をしたり、待ち合わせをしたりしたのではなくて（そうだったら断っていただろう）、仕事が遅くなった日の帰りにちょっとご飯を食べただけだ。

あの日は、ふっと気がつくと、社内は田中とマイカの二人きりだった。半年ほど前の夏の初めの頃だ。

「お疲れ様」

そう言われて、顔を上げた時にやっとそれに気がついた。その日はめずらしく、いつもいて、ほとんど会社の番人のようになっている桃田さえ帰宅していた。

「僕、もう帰るけど、マイカちゃんはどうする？　鍵、預けていいかな」

「あ、あたしも出ます。ほとんど終わったんで」

一緒に部屋を出て、田中が会社の鍵を閉めるのを見ていた。

「遅くなっちゃったね。なんか食べて帰ろうか」

そういう言葉が田中の口から出たのは自然な成り行きではあった。

マイカが十三歳になった頃から、すでに十六歳以下には絶対に見えない娘に、母は口が酸っぱくなるほど男とのことを忠告していた。

老いも若きも聖人も悪人も知り合いも他人も、男と名の付くものにはついて行かないこと、二人きりで個室に入らないこと、それは店の個室でも同じであること、集団の飲み会でも飲み物から目を離さないこと、裸の写真は何があっても撮らないこと、運悪くセックスしなければならない事態に陥ったら必ずコンドームを使うこと。

ずっと日本で水商売をしている母親の忠告は直接的であからさまで下品で、けれど、現実的だった。

そうでなくても、その歳になる頃にはマイカも人並み以上に男への免疫や警戒心がついていた。うぬぼれているつもりはないが、ほとんど百パーセントの男が自分に興味を持つか、自分をいやらしい目で見ていた。まあ、外国人的な顔立ちが好みでないという男も日本にはたくさんいるので、視線のすべてが好意だとは思わなかったが、いずれにせよ、ただ単にヤリたいという人間が多いことに気がついていた。

だから、田中から誘われた時に一瞬ためらった。

彼が自分に興味を持っているかはよくわからなかったが、少なくとも仕事をする上でそういうそぶりはほとんどなかった。だからこそ、彼に失望したくなかったし、アルバイトもやめたくなかった。

「なんか、喉渇いた。キンキンに冷えた白ワインが飲みたいなあ。グラスに水滴がついているようなやつ」

でも、ほとんど断ろうとしていた時、彼がそうつぶやいて、思わず「いいですね」と言ってしまった。その日はむしむしと暑い日で、冷たい白ワイン、というワードでマイカは自分の口の中がどれだけ渇いているか、気がついたのだ。

田中が選んだ店が目黒の駅ビルのイタリアンという、どうでもいい店なのが警戒心を解いた。もちろん、個室なんかないところで、普通に店の片隅の、四人掛けのテーブルに案内された。彼らの隣の席には、この頃目黒にも増えてきた、スペイン系の観光客の家族が座っていて、子供が大声で泣いていた。

「お疲れ様でした」とお互い言い合って、乾杯をした。あんなに言っていたのに、田中が一杯目に生ビールを選んだのがおかしかった。マイカはもちろんグラスの白ワインを選んだ。話が進むにつれ、マイカは自然、自分がどれほど起業したいのか、ということを語っていた。驚いたことに、ＣＥＯになるような人間にはめずらしく、彼は聞き上手だった。

「とにかく、社長になりたいんです。お金がいっぱい欲しいんです」

それを聞くと、彼は初めて、心から楽しそうに笑った。

「ずいぶんあからさまだなあ。でも、気持ちがいい」

応援するよ、と彼は請け負ってくれた。

「なんだか、うらやましいな。そう言えるマイカちゃんが」

「でも、あたしは田中さんみたいになりたいんです。理想の姿です。田中さんが」

言ってしまってから、しまった、と思った。それは男を喜ばせ、勘違いさせる言葉になったかもしれなかった。いつも気をつけているのに、なぜか、田中の前では気がゆるみ、口がすべった。

「そう言ってくれるのは嬉しいけど、たいしていいものではないよ」

彼は他の男のように、そこで「男」になることはなかった。むしろ、ずっと微笑み続けている口元の皺《しわ》が濃くなり、急に老けたような気がした。

「どうしたら、起業できるんでしょうか」

「やっぱり、一にも二にも、アイデアでしょう」

マイカは深くうなずいた。

「マイカちゃんは海外につてがあるし、ご親戚もいるんでしょう。語学もできるし、やっぱり、そのあたりから考えた方がいいんじゃないかな。ありきたりだけど、フィリピンと日本の架け橋になるような。その方があなたにとっても、やりがいがあると思う。お金は大切だけど、行き詰まった時、理想があなたを助けてくれる」

「なるほど」

マイカは深くうなずきながら慌ててスマートフォンを出し、田中に断ってメモした。

『ぐらんま』のアイデアはどこから出たんですか。本当にいい考えだなっていつも思っているんです。あたし、田中さんがうちの大学で講演をした時にも聞きに行ったんですけど、あまりそのことには触れられていなかったから」

「ああ」

田中は一瞬、遠くを見るような目つきになった。

「会社のアイデアは僕が出した訳じゃないからね」

「え、じゃあ、会社の誰かが出したんですか」

「そう、前にここにいた友達がね」

「前にいたってことは今はいないんですか」

「うん」

「それはどうして」

彼は何も答えず、二杯目に頼んだ白ワインのグラスを手の中でぐるぐる回していた。

その時、マイカは田中がここにいないことを知った。ずっと熱心に話を聞いていてくれた男はどこかに行ってしまった。

そんなこと、今まではほとんどなかった。まだ寝ていない男がマイカから関心を失うなんて。それはそれで、心がざわつく。

「あの、もう一つ訊いていいですか」

それでもマイカはまだ諦められなくて、さらに尋ねた。

「なに？」

「田中さんが社長になって、成功してから、一番嬉しかったことってなんですか」

「さあ、なんだろう」

田中はしばらく考えた。

「……仲間かな」

「え？」

「仲間とまだ一緒にいられるんだ、一緒に仕事できるんだっていう安心感？　確証？」

「仲間って、『ぐらんま』の人たち？」

「そう」

マイカにはわからなかった。田中の言葉の意味は理解できたが、正直、「ぐらんま」のメンバーにそれほど魅力を感じていなかった。いつも不機嫌そうな胡雪、ほとんど会社に住んでいて趣味もなんにもなさそうな桃田、逆にほとんど会社にいない伊丹、そして、不自然なくらいニコニコしていて感情が読めない田中。

「仲間なのに、アイデアを出してくれた人はいなくなっちゃったんですか。その人、今はどちらにいるんですか。きっとすごい人だったんですね」

田中の手の中のグラスの回転が速くなっただけだった。ああ、そんなことをしたら安ワインといえどもおいしくなくなってしまう、とマイカは思った。

「じゃあ、質問を変えます。『ぐらんま』が成功してから田中さんが買ったもので一番高価なものってなんですか」

「高価……？」

それによって、彼の欲望が少しはわかるのではないか、と思った。

「うーん。たいして買い物ってしないからわからないけど、コートかな」

「コート？」

「去年、伊勢丹《いせたん》の店員に勧められて、二十万くらいのコートを買った。イギリス製の生地らしい」

マイカの「へえ、服装にお金をかけるんですね」

それにしてはいつも普通のサラリーマンみたいな服を着ている、と思った。マイカの周りのファッション関係で、服に興味がある男たちとはずいぶん違う。

「いや、この仕事になって、ちょっと金ができてからスーツは伊勢丹でオーダーするようになっただけのこと。僕らの仕事は心がけてちゃんとしないと、すぐにデニムとTシャツみたいになっちゃうでしょ。でも、それじゃ、お医者さんたちには信用されないから。服にはなんの興味もない。みっともなくない格好をしたいだけ。コートはそこの人に勧められたから買ったんだ」

「田中さん、もしかして不幸ですか」

あんまり田中の欲望が見えないので、思わずそう口走っていた。

「さあ、わからない。だけど、幸福じゃないってことだけは確かだ」

彼はやっと自信と確信に満ちあふれた、でも内容にはそぐわない声で即答した。

こつこつとデータ入力をしていると、田中が話しかけてきた。

「ねえ、マイカちゃん」

少し声をひそめている。

「もう少し、気を遣った方がいいかもしれないね」

「え？」

「マイカちゃんの筧さんに対する言葉遣い。ちょっと気になる」

「は？」

いつもにこやかな男だから、笑顔は絶やさずに注意された。まるで、笑いながら怒っている人を演じるお笑い芸人のように。

「筧さんて、家政婦の筧さんですか？」

びっくりしすぎて、思わず、確認してしまった。

「そう。一応、マイカちゃんのお母さんくらいの歳なんだし、敬語を使ってね。『毛布洗っといて』とか『知らない』とか言わないように。ここでは、筧さんも社員の僕たちも、マイカちゃんのようなアルバイトも、皆平等なんだ。そういう会社にしたい」

胡雪の方を見ると、彼女も同じように思っているのか、深刻そうな顔でうなずいている。さっき二人がこそこそ話していたのはこれか。

平等なら、なんであなたたちは私に言葉遣いの指導をしているの？　と心の中で思った。

「はい」

小さな声だったが、一応、ちゃんと返事した。

納得できなくても、目上の人の言葉には従っておく、というのは、この国の大切な掟《おきて》だということをよく知っているからだ。それがこの国を一歩出たら通用しないということも。

それでも、心の中にさまざまな気持ちが浮かんでは消える。単純作業をさせられているからなおさらだ。

なんで日本人はこんなに不幸そうなんだろう。

妹の優花も胡雪も田中も。

皆、家族もあって、仕事や学校もあって、お金もあるのに。

本当に不幸なのは、アンジェリカみたいな人のはずなのに。

自分たちが不幸だからって、こっちにまで不幸の種をぶつけてこなくてもいいのに。

ついに気持ちがパンクしそうになって、トイレを装って部屋を出た。

マイカはお茶を取りにキッチンに入る。

「気にした?」

そのついでに、訊いてみる。

「ん?」

筧が振り返る。

「あたしが洗っといてって言ったこと」

「なんで」

筧は無表情な、魚のような目でマイカを見つめた。

「いや、気にしてないならいい」

「変な子だね」

筧は鍋に向かった。

ここにやっと不幸そうじゃない人がいる、とマイカは思った。

「ねえ、筧さんは結婚してる？」

「何よ、やぶから棒に」

一瞬驚いたあと、あっさりと答えた。

「してない」

「恋人はいる？」

「……いない」

「あ、今、ちょっと迷ったでしょ。一瞬、黙ったよね。あやしー。なんで」

やっぱりタメ口の方が親しくしゃべれる。田中に聞こえていたら怒られるかな、と思いながら話を続けた。

「あんた」

筧は大仰にため息をついてみせた。

「顔はハリウッドなのに、しゃべり方や内容は、本当に純日本だね」

「だって、日本人だもん。それより、なんで今、迷ったの？　ごまかさないでよ。男いるんでしょ」

「いないよ」

「子供はいる？」

「いない」

「じゃあ、一人暮らしなの？」

「……そうね」

「あ、また、戸惑ったー」

「じゃあ、あんたはどうなの？　彼氏いるの？」

「いない」

「これ、また、あっさり認めるね」

「嘘ついたって、仕方ないじゃん。そんな時間ないよ。大学とバイトで忙しすぎる」

「あんたなら、たくさん誘われるでしょう」

「まあね、ここに来る前も変なのに声かけられた。ユーチューバーだって」

マイカは思い出してポケットからくしゃくしゃの名刺を取り出し、ゴミ箱にぽとりと捨てた。

「あら、もったいない」

「どうせたいしてお金にもならないのに、そう名乗ってるだけでしょ。あたし、そういう甘ったれた男大っ嫌い」

箟は結構、背が高い。ふっと懐かしさがこみ上げてきた。

箟はまた鍋に向かった。マイカはその肩のあたりから鍋をのぞく。箟の身長はアンジェリカくらいだ。ふっと懐かしさがこみ上げてきた。

箟の後ろ姿を見つめられるように、ダイニングのテーブルについた。

「あのね、田中さんに言われたんだよね」

「何を？」

しばらくためらってから、口を開いた。

「あなたのこと……平等に扱ってないって」

「え」

箟は驚いて振り返る。

「あたしの言葉遣いは良くないって。箟さんに命令しちゃいけないって。でもあたしは」

「いや、マイカちゃん、私はそんなの……」

「ううん、話を聞いて」

マイカは筧の言葉をさえぎって言葉を続けた。

「あたしのお祖母ちゃんもメイドだったの。シンガポールで働いて、家族に送金して母や叔母を育ててくれた。月二、三万しかもらえなかったのに、さらにお金を貯めて、地元に戻ってきてからは食堂をやってたの。お祖母ちゃんが腰を悪くしたから閉めちゃったけど」

祖母が長年の重労働で腰を痛めた時、アンジェリカは娘の介護で忙しいし、アンジェリカの夫は食堂で働きたくない、ということで閉店するしかなかった。

いつかはあの食堂も再建したい。

「お祖父ちゃんの話は聞いたことないの、一度も。お母さんたち、全員が同じお父さんかも知らない。だから、隔世遺伝、て聞かれて、知らないって言ったのは、本当に知らないからなの。ぶっきらぼうに聞こえたかもしれないけど」

筧はもう鍋に向かっていた。でも背中で話を聞いてくれていることはよくわかった。

「だから、あたしが筧さんを見下したりするわけない。お祖母ちゃんのことは本当に尊敬している。あたしももっと稼いで、家族とアンジェリカをもっと幸せにしてやりたいんだ。でも、もしも、筧さんが気にしてたら……」

筧は何も答えなかった。

「本当にあたし、そんなつもりじゃ」

「……まあ、まずはこれ食べて」

筧は小ぶりの丸皿を出した。

皿の上には、小さな小さなハンバーガーが載っていた。

「何これ」

「今日、スーパーに行ったら、パスコの超熟《ちょうじゅく》のロールパンが消費期限ぎりぎりで半額になってたんだよね。それで、棚にあるだけ買って、ハンバーガーにしてみた」

確かに、こぶりのパティとアボカド、トマトが挟まれている。

「食べてみて。味見して感想聞かせてよ」

マイカは思わず、上目遣いで筧を見た。

「さあ」

彼女は皿をまた押し出した。

「それじゃ、いただきます」

マイカはその小さいハンバーガーをかじった。

「あ。おいしい」

フィリピンの人はグリル料理が好きで、実家でも、マイカの母も、バーベキューをすることがあったけど、それよりもずっとおいしいと思った。

「じゃあ、こっちも」

筧はマグカップにスープを入れて、テーブルの上に置いてくれた。

一口する。

あつあつの、青菜のうまみが口に広がる。

はあ、と大きなため息が広がってしまう。

「だろう」

何も言ってないのに、筧は得意顔でうなずいた。

「ほうれん草をね、くたくたに煮たスープ」

「ほうれん草?」

「根元も全部入れてある。でも、出汁はなし。ほんの少し塩とゴマ油を入れてるだけ。だけど、野菜のうまみだけで十分味が出るんだ」

マイカは思わず、マグの中をのぞき込んでしまう。

「それだけでこんなにおいしいんだ」

たっぷり入った深緑色を眺めていると、子供の頃、フィリピンで観たアニメを思い出した。

お祖母ちゃんの食堂にはテレビがあって、外国のアニメやらドラマやらがえんえんと流れていた。アンジェリカとマイカのお気に入りは、ほうれん草を食べて力をみなぎらせる主人公のアニメだった。彼ほどじゃないけれど、身体が温かくなって元気が出てきそうだった。

「パフェなんて冷たいもん、冬場に食べてるから、そんな不満顔になるんだよ」

せっかくのハリウッドが台無しだ、とつぶやく。

「あたし、不満顔だった？」

「不満不満、大不満。世の中の不幸を一気にしょってるのはあたしです、って顔してた」

意外だった。不幸ぶっている人をあざ笑っていたのに。

本当は、アンジェリカのことじゃなかったのかもしれない。

田中や胡雪や、妹や……そして、アンジェリカをだしにして、不満をぶつけていたのかもしれない。

アンジェリカにかこつけて、自分の不満を誰かにわかってもらいたかったのかもしれない。

でも、自分の不満って、なんだろう。

「これ、おいしい。パティがお店で食べるハンバーガーの味してる」

「簡単だよ。牛肉の挽《ひ》き肉を買ってきて、そのまま何も入れずに成形して、塩胡椒《こしょう》で焼くだけ」

「何も入れないの？　本当に？」

「合い挽きにしたり、玉ねぎやパン粉入れたりすると、よく焼かなくちゃいけないから硬くなる。牛肉百パーセントならさっと焼くだけでいいし、肉のうまみも楽しめる」

だけど、高いからそんなにたくさんできないけどね、と筧は笑った。

「今日は、肉入りのハンバーガーは一人一個ずつ。他は鶏の照り焼きにした。こちらはマヨネーズとレタスと一緒に挟んである」

筧が大皿を出して、そこにハンバーガーを並べていく。

「パンがしっかりしてるから、何挟んでもおいしいんだよね」

「でも、これ、ちゃんとピクルスも入ってる」

マイカはかじりかけのハンバーガーをじっと見る。

「それは薄切りにしたキュウリで作った、ピクルスもどき」

「へえ」

「あんた、がんばってるよ。だけど、時々、休んだ方がいい。しっかり者を休んで、子供に戻って」

子供？

子供でいたことあるんだろうか、あたし。

それは、フィリピンにいた数年だけ。日本に帰ってきてからは、母を助けなくちゃとずっと思ってきた。中学を卒業してからは、フィリピンの親戚も助け始めた。

「マイカちゃん、がんばってるよ」

そんな声がして、ふっと顔を上げると、田中と胡雪が、キッチンの入り口から顔をのぞかせていた。二人とも、どこか心配そうに。

「がんばってるよ。私でもそう思う。平日は大学からこっちに来て、休日はモデルでしょ」

胡雪が言った。

「ちゃんと見てるよ」

「ほらね、皆も言ってるでしょ」

筧がうなずく。

そうか。あたし、認められたかったのか。本当は休みたかったのか。

田中がもぞもぞして言った。

「……というか、僕らもハンバーガーを食べたいんですけど」

筧が低い、ハードボイルドと言ってもいい声で言った。

「あるよ」

「やった」

ミニハンバーガーの皿を並べ、マグにスープをそそぐ。音を聞きつけて、桃田も入ってきた。

「本当は、こちらは夜食用に作ったんだけどねえ」

「夜ご飯はなんですか」

「人参三本を刻んで炊き込んだ味付けご飯のおにぎりと、卵焼きと具だくさんのけんちん汁」

「それもいいなあ」

「そっちを夜食に回そう」

キッチンに立って、鍋をのぞき込んだ田中が言う。

「これ、けんちん汁というより、ほとんど、野菜の煮物」

「だから、具だくさんだって言ったじゃない」

「具だくさんにもほどがある」

はははは、と皆笑った。

寛がほうれん草のスープをよそってくれて、食事が始まった。

「煮物くらい野菜が入った汁物とかさ、やっぱ、寛さんの料理ってちょっとおかんの匂いするよね」

「そう。気がつくと野菜いっぱい食べているし」

「だけど、おかんの料理より、ほんの少し、おしゃれ」

「確かに」

思い思いの話をしていると、小さな音でクリスマスソングが流れてきた。ん？　とマイカが顔を上げて探すと、筧がスマートフォンをいじっていて、そこから音が出ている。

「筧さんがクリスマスソングなんて、意外」

「あ、『ラスト・クリスマス』か。Ｗｈａｍ！の」

「いや、アレンジが利いているね。誰かのカバー？」

皆の問いに答えず、スマートフォンをじっと見つめながらリズムをとっていた筧が「いいじゃん」とつぶやいた。

「なんですか」

「こいつ、ちょっと、いいじゃん。かわいい顔してるし」

筧が画面を横にして、皆に見せた。そこにはユーチューブで、一生懸命歌っている若い男が映っていた。

「『ラスト・クリスマス』をビートルズ風に歌ってみた、だって」

「これ、一人で演奏しているの？　うまいね」

桃田が興味深げに見入る。

「おれ、かなり好きな感じだ」

「歌も、演奏も、パーカッションまで、彼一人で演奏して、それを重ねているんだって。

リンゴのドラムの叩《たた》き方とか、よく真似《まね》てるよ」

「あれ？」

マイカはその動画を見直した。

「これ、あれ？　ちょっと！」

マイカが慌てて立ち上がって、筧からスマートフォンを取り上げようとしたが、ひょいっと体をかわされた。そこに映っていたのは、さっき新大久保の駅前で出会った男だった。

「これ、あたしが名刺もらった人!?　今日、ナンパされた」

「そうそう。ゴミ箱の拾った」

「やめてよ。ちょっと、どろぼう！」

「捨てた時点で所有権を放棄したんだから、私がどう使おうと勝手だよ」

「へえ、いい青年じゃないですか」

田中がめずらしく楽しそうに、にやにや笑っている。

「ほんと、歌もうまいし」

「ミュージシャンにしちゃ、誠実そうよ。真面目にやってるじゃない」

胡雪まで話に乗ってきた。

筧がきれいに広げた名刺をマイカに渡す。

「歌、聴いただけでも、がんばってるのわかるよ。一度、連絡してみたらいいじゃない」

「それは、あたしが決めます」

そう言って、名刺を引ったくったけど、捨てずにポケットにしまい直した。気がついていた。彼の英語の妙な訛りは、イギリスの田舎のものだろうと。ビートルズを真似するあまり、リバプールの訛りがうつったのだ。

「さあ、じゃあ、私は帰りますか」

そう言うと筧は素早くマフラーを巻き、コートを着た。いつも帰り支度が早い。

「今日もありがとうございました！」

「おいしかったです」

筧はヒーローインタビューの野球選手のように、手を挙げた。

その時だった。

――ピンポーン。

ドアのチャイムが鳴った。

「あ」

誰ともなく、声を出した。

「私が出ます」

名刺騒動で少し恥ずかしくもなり、マイカが立ち上がった。

玄関ののぞき穴に目を近づけると、若い女性が立っていた。カジュアルなダウンコートと毛糸の帽子をかぶっている。なんとなく、学生っぽいな、と思った。はあい、と応えて、ドアを開けた。

女はぺこりと頭を下げた。

「あ、私、柿枝駿の妹で、柿枝麻衣《まい》と申します。『ぐらんま』って会社、こちらですか」

「はあ」

「あの……兄のことでお尋ねしたいことがあるんですけど」

彼女を玄関口に待たせて、キッチンに戻る。

柿枝？　聞いたことないな、と思いながら。

「あの、柿枝駿さんの妹という方が来ているんですけど」

ドアを開きながら言った。

その時、マイカの目に入ってきたのは、身支度をしている筧以外の人間が、目を見開いて硬直している姿だった。見事なくらい、固まってしまっている。

その表情も、しぐさも、まるで家族のようによく似ている。

そうか、田中が言った「仲間」ってこういうことなのかもしれない、とマイカはぼんやり思い出した。

第三話
石田三成が昆布茶を淹れたら

なぜ、こんなにいつも人生は楽勝なのか。

伊丹大悟は六本木《ろっぽんぎ》の街を歩きながらしみじみ考える。

「ぜひ、うちの会社に来てください」

その街にある、IT企業の最終社長面接を受けてきたところだった。相手はマスコミにもよく出てくる有名な経営者だ。偽物のような大きな目でじっと見られた時には、自分が森の中で射すくめられた小動物になったような気がしたけれど、それを素直に告白したら、とたん、彼は破顔した。

「やっぱり、僕の顔、印象悪いかなあ」

彼は頬をなでながら尋ねてきた。

「目が大きすぎて怖いとか、何もかも見透かされそうとかよく言われるんだよね」

「いや、そういうわけじゃないんですけど」

伊丹は思わず、手のひらを彼の方に向けるようにして、否定した。実際、彼はむしろ、ハンサムと言ってもいいくらいの容姿だったし。

「ちょっと緊張してしまって。顔がっていうより、やはり社長のこれまでの功績を存じ上げてますから」

それは本心だった。彼にも通じたのか、その後の面接はスムーズに進んだ。どこで育ったのか、大学では何をしたのか、何が好きで何が苦手なのか、今、学生時代の友達と起業した会社「ぐらんま」ではどんなことをしているのか……そんなことを話しているうちに、伊丹はもう、面接というより、年上の話しやすいお兄さんに人生相談をしているかのようにリラックスして、楽しい時間を過ごした。

やっぱり、一代であそこまで会社を大きくした人は違うな……伊丹は感心しながら思い出した。

他の人たちが、どうしてそんなに就職や営業に苦労するのか、伊丹にはよくわからない。皆、もっと気楽に挑めばいいのに。緊張しているならそれを素直に認め、不安があるなら相談すればいい。こちらがオープンマインドにならなくて、どうして向こうも気を許してくれるだろう。それでダメなら、いずれにしてもうまくはいかない。緊張しっぱなしで気を遣って話したって、ダメな時はダメなのだ。万が一、入社できたって楽しいわけがない。

こちらと合う人とだけ付き合えばいい。そんなふうに思ってきたし、それでこれまでやってこれた。うまく行った時と行かない時の割合は半々くらいだったが、営業にしろ面接にしろ、十分な成功率だろう。

社長は、「ぐらんま」についても熱心に話を聞いてくれた。

「いいね、その会社、僕も買いたいくらい」

一瞬、こちらをのぞき込んできた目が鋭い光を放って、冗談めいて言いながら、彼が本気なのがうかがえた。

「光栄です」

「だけど、これからじゃないか。ここまで努力してきて、やっと苦労が報われるところまできたのに、どうして転職しようとしているの？」

そこで、伊丹はその日、唯一の嘘をついた。

「なんか、軌道に乗ってきたら、もういいかなって思っちゃって」

目をそらせたのを気づかれないように、頭をかいて見せた。

「君、もしかして、飽きっぽい？」

「いや、中学でも高校でも大学でも、部活は最後までやり遂げましたし、そういうことはないと思います。ただ、別の場所で挑戦してみたいし、大きなところでやってみたいって考えるようになったんです。それには、この三十っていう歳が一つの区切りかなって」

「令和最初の年だしね」

彼の方がそう助け船を出して、笑ってくれた。次の瞬間、顔を引き締めると、「僕としてはぜひ、伊丹君に来て欲しいです。でも、本当に、うちに来る気ありますか？　君、最後のところで迷っているでしょ」

図星を指されて、とっさに返事ができなかった。唯一の嘘を見透かされている気がした。

「君は自分で言っているよりも、いや、思っているよりも、『ぐらんま』に愛着を持っているし、大切に思っているよ。それが最後に退社の足止めになるんじゃないだろうか」

「いや、そんなことないと思いますが……」

否定したものの、声は小さかった。

本当にやめる気になったら、連絡しておいで。そう言って、秘書の名刺を渡してくれた。

さまざまなことをなんなくこなしてきた伊丹でも、初期の「ぐらんま」の営業はさすがに手こずった。

何よりむずかしかったのは、医者のアポイントを取ることだ。

まずは、古風に電話帳を使って一件一件、町の医院やクリニックと呼ばれる場所に電話してみたが、当然、どこも門前払いだった。田中、伊丹、胡雪が三人掛かりで一日中、電話をかけ続け、一件の約束が取れればいい方だった（当時も、モモちゃんは会社のHPや最初のシステムを作っていた）。

そして、その一件でさえも、伊丹が病院に赴《おもむ》くと、とっかかりの説明が始まったところで「あー、もう、時間ないんで」と追い返された。

もちろん、「では、次はいつならお時間いただけるでしょうか」と懇願してみても、「またこちらから連絡する」と言われたきり、二度と返答はなかった。

ある程度、苦戦は想像していた。どんなことをしてもがんばろう、石にかじりついてでも契約を取ろうと言っていた仲間も、少しずつ疲弊《ひへい》していった。

若かったし、覚悟はできていたけれど、わずか一ヶ月で胡雪が弱音を吐いた。

「なんか、目がちかちかする」

夕方になると彼女が言った。当時、まだ「ぐらんま」は、一人暮らしの田中の部屋で、食卓のテーブルやこたつを使って仕事をしていた。

「そりゃ、細かい数字をじっと見てるとな」

伊丹がなぐさめるような顔で言うと、首を横に振った。

「そういう感じじゃなくて、なんて言うんだろう」目をつぶった。「気持ち悪くて、電話帳のページの間にゲロをぶちまけたくなる」

皆、薄く笑った。同じように感じていたから。

「それから耳。家に帰っても、耳の奥から音が取れないの。ずっと『ルルルル、ルルルル』って呼び出し音が鳴ってる」

田中は黙って立ち上がり、キッチンで人数分の昆布茶を淹《い》れて戻ってきた。

「もう、不可能な気がするの、あちち」

昆布茶をすすって彼女が言った。猫舌の伊丹はまだ、口をつけてなかった。なんで、昆布茶ってこんなにいつも熱いんだろう、と思いながら。

「どういう意味？」

胡雪は湯呑《ゆの》みの中を見つめながら嚙《か》みしめるように言った。

「画期的なシステムだと思うし、健康保険の節約にもなる。だけど、結局、お医者さんにはなんの得にもならない話でしょ。検査料や初診料はあまり取れなくなる。それなのに、プライバシーや情報の流出の危険性は常に高い。さらにお金もかかる。初期費用、めっちゃかかる。それを、私たちのような学生に毛が生えたような人間にやらせる……ありえない」

あの日、柿枝はいなかった。毎日、毎日、地道に電話をかけ続ける作業なんて彼にはできず、何かと理由をつけて逃げ出していた。実際、彼を電話口に縛っておくより、外をふらふらさせておく方がずっと効果的だったし。

だからこそ、皆は本音を話し出したのかもしれない。柿枝に乗せられてここまできてしまったけど、本当は不可能なことなのじゃないかと、我に返ったのだ。

ふと気がつくと、田中が何かを一心不乱に紙に書いていた。

「何してんだよ、田中」

彼は顔を上げた。

「じゃあ、何がいいんだろ？」

「え？」

「何がこのシステムの取り柄っていうか、目指すところなんだろ」

田中は書いていたものを皆に見せた。胡雪の言葉を箇条書きにメモしていた。
・収入の減少×
・プライバシーの流出のリスク×
・初期費用×
・我々の信用×
「この×は？」

「これは医者から見た、『ぐらんま』システムのマイナス要因」

「なるほど」

「じゃあ、プラスの要素は？」

「……ないね」

モモちゃんが小さい声でつぶやいた。

「何もない。患者さんからしたら、良いことといっぱいあるけど」

「それだ！　それだよ、どうして気がつかなかったんだろう」

田中が座っていたイスから立ち上がり、頭を手で叩いた。彼がそんなに感情を爆発させることは少なかった。

「それで行こう」

「どういうこと？」

「とにかく、患者さん重視という視点で営業をかけるんだ。これは『患者さんのためなんです』『患者さんの利益になることなんです』『患者さんにとって大きな負担軽減になります』。それを二言目にはくり返すんだ。それで嫌がられたり、切られたり、断られたら、別にいいじゃないか。ダメなら、この国には患者のことを考えている医者はいなかった。それでいいよ。もう諦めよう。だけど、きっと、患者のことを第一に考えてくれる医者はどこか……」

「どこかにいるよ、きっと」

伊丹は思わず、彼の言葉を取り上げた。

「絶対、必ず」

本心からそう思ったのだ。励ましやお世辞でなく。

いつもぼんやり笑っている田中が真顔になり、めずらしく、ハグしてきた。伊丹は多少戸惑いながら、彼の肩を叩いた。

「それで行こう。それでダメなら、きっと気が済む。確かにそんな気がする」

「なるほどね」

「わかった」

胡雪とモモちゃんもうなずいた。

今思うと、あの田中もよっぽど弱って、不安になっていたのだとわかる。だから、伊丹の賛成が嬉しかったのだろう。

彼はその三つの言葉を大きく箇条書きにして、壁に貼った。

・患者さんのためなんです。

・患者さんの利益になることなんです。

・患者さんにとって大きな負担軽減になります。

「迷ったら、この壁を見るんだ」

その日がターニングポイントになった。

田中が苦肉の策で言い出したことだが、思いの外、効果があった。「患者のため」と言われて無下に断れる医者はいない。ちゃらちゃら遊んでいるような医者でも、尊大でこちらを見下しているような医者でも、その時はほんの少し真顔になる。最終的に契約まで至らなくても、アポイントを取れたり、話だけは最後まで聞いてもらえるようになった。

実際にはもちろん、最初の契約が取れるまで数ヶ月、さらに最初の大型契約である「長谷川クリニック」の契約をもらうまで、一年以上の年月がかかった。

その間、お互いの「つて」――自分たちの家族や親戚、両親の友人――などから医者の知り合いを紹介してもらったり、話を聞いてもらったりした。

柿枝は銀座《ぎんざ》や六本木の、若い起業家ばかりが集まるバーの情報を仕入れてきて、田中や伊丹とともに夜な夜な通った。そこにいる誰彼となく仲良くなって、自分たちの起業内容を話したり、若い医者を紹介してもらったりした。

そうして、ほんの少しずつ、「ぐらんま」は顧客を増やした。

新しいことをやってみたい、と言ったのは、半分本当で半分嘘だった。

本当の本当の、真の理由は、婚約者の後藤愛菜《ごとうあいな》の両親に、「結婚するならもう少し大きな企業勤めに」と難色を示されたからだ。

いや、実際には、彼女の両親からの提案かどうかはよくわかっていない。直接言われたわけではないから。ただ、愛菜から「両親が反対している」と伝えられた。もしかしたら、彼女自身の希望が多分に入っているのかもしれない。

「大君《だい》の人柄は、パパもママもすっごく気に入っているのよ」

彼女は、大悟をだいくん、と呼ぶ。

「本当にいい青年だって。だけど、だからこそ、もったいないって言っているの。もっと大きなところで勝負できる人だし、幸い、世の中は売り手市場なんだし」

彼女は秋田出身だった。両親が上京した折、一度食事をして、挨拶は済ませていた。目鼻立ちがはっきりして色白の、いかにも秋田美人といった風情の愛菜の両親にふさわしい、こぎれいな夫婦だった。父親は秋田の地方銀行の役員をしている。

今時、地銀なんて「ぐらんま」よりもあぶないんじゃないか、と心の中で思いはしたが、もちろん、口にはしない。たとえ、つぶれたとしても、彼女の父親くらいの歳なら逃げきれるだろう。

とはいえ、やっぱり、彼女に惚《ほ》れているんだな、俺は、と思う。言うなりにいくつかの製薬会社、保険会社、そして、ＩＴ企業などを受けて、複数の採用をもらっている。

さあ、どうするかな……。

実は、心の中で、「『ぐらんま』は自分抜きでももうやっていけるんじゃないか」と思い、少し気持ちが離れていたことは確かなのだ。

愛菜は意外にそういうところ、よく見抜く。

彼女は口には出さないが、美食とブランド品と「ママみたいな、かわいいお母さんになること」だけが夢の女の子ではないのだ。それがわかっているからこそ、婚約までした。

彼女が「大きな企業」を求めているなら、もしかしたら、それが正解なのかもしれない、とも思う。

八年近く前、就職を考えた時に、たくさんもらっていた内定をすべて蹴って、友人たちと立ち上げた「ぐらんま」に入ったのは、自分の人生、あまりにもうまく行きすぎてないか、という懸念があったからだ。

一度くらい、厳しい環境に自分を置いてみたらどうだろうかと考えた。自分がそこでもやっていける人間なのか、知りたかった。

しかし、起業もまた、成功してしまった。

今では、新しい会社に入って、一から地位と関係を築く方がリスクが高い気がしていた。ましてや、実力主義で社員同士の競争も激しい有名IT企業なら。

いったい、自分はどこに身を置くべきなんだろうか。

しかし、そんな迷いをさらにかき乱したのが、この間の柿枝の妹の訪問だった。

「兄に似た男を見た、という人がいるんです」

柿枝の妹は、柔らかそうな茶色い髪を肩のあたりで切りそろえ、ふんわりとカールさせた髪型だった。ダウンジャケットやデニムというラフなスタイルでも、女の子らしさがにじみ出ている容姿。

彼女はそのジャケットを脱ぐ間も惜しむように、テーブルにつくなり口を開いた。

「え？」

胡雪は半ば立ち上がった。

無理もないことだ、と胡雪の様子を思い出す。

胡雪と柿枝の間に何かあったのではないだろうか、と伊丹はずっと疑っていた。柿枝は、田中をのぞけば、胡雪と一番よく話していた。

別に仲間内で恋愛沙汰があったところでかまわない。伊丹はそういうことはまったく気にしないし、なんなら結婚してくれたりした方がありがたいくらいだ。その家は皆の楽しいたまり場になっただろう。

けれど、雰囲気だけは匂わせながら、二人は絶対にそれを認めなかったし、柿枝のような男が胡雪を選ぶ気もしなかった。

彼は胡雪よりもっとわかりやすい、女らしい女が好みだった。なんなら、あの時初めて会った、彼自身の妹のような。

実際、柿枝は女性に苦労せず、かなりモテる男だったし、在学中はとっかえひっかえと言ってもいいくらい、さまざまな女子と付き合っていた。

ただ、胡雪が柿枝を好きだったのは確実だと思われた。いつも彼を目で追っていたし、誰かに「仲、良いよね」とでも言われようものなら、真っ赤になって否定していたし。

最悪なのは、二人の間に一度くらい関係があったのに、そのまま付き合うこともなく皆に何事もないように振る舞っていることだ。思い詰めやすい胡雪がいつか爆発するかもしれない。

そんなことを密かに心配していたら、現実になる前、彼の方がいなくなってしまった。ある日突然、皆の前から。

「柿枝君を？　どこで」

妹は胡雪の反応が嬉しかったようで、そちらの方を向いた。

「母の妹の結婚相手の兄弟の息子で、東北の方でコンサルの会社に入っている人がいるんですが」

「えーと。それはどういう……」

桃田が宙に目を泳がせながらつぶやいた。たぶん、柿枝家の家系図を思い浮かべているんだろう。その気持ちはわかった。伊丹も同じことを考えていたから。

「つまり、私の叔母の甥《おい》です。血がつながっていない」

「なるほど」

「その人が東北から北海道のいろんな自治体のコンサルをしていて、ほら、いわゆる村おこし？　みたいなことを計画する仕事らしいんです。で、田舎を調査したり歩き回っているんですけど、そこで兄に似た人を見たって」

「どこにいたんですか」

胡雪がまた尋ねる。

「札幌の郊外の村の牧場だって。神井村《かみいむら》というところだそうです。アイヌの言葉で神様の意味であるカムイから付いた名前なんだって」

初めて会ったのに彼女はちょいちょい馴《な》れ馴れしい言葉を挟む。こちらを兄の友達だと思って親しみを持っているのか、それともそういうことがずっと許されてきた女の子なのだろう。もしくは、うまく丁寧語が使えないか。年齢的にはそれが一番近いのかもしれない。

「その人、役場の人に案内されていろんな牧場に行ったんだけど、そこで見かけた若い男の人にどこか見覚えがあって、『どこかでお会いしましたっけ』って訊いたんですって。そしたら『いいえ』って言われたんだけど、他を回っている間にじわじわと思い出してやっぱり、『柿枝の家の駿君だ』って確信した。全部を回ったあとで、もう一度その牧場に戻ってもらったけど、その時はもういなくて、村の人によく訊いたら名前も柿枝じゃないのを名乗っていたそうです」

「それはいつのことですか」

田中が丁寧に尋ねた。静かな問いだったが、彼が緊張しているのが隣にいた伊丹には伝わってきた。

「それが、その甥の人は兄がいなくなったことを知らなかったから、そのままなんとなく忘れていたんだけど、叔母の嫁ぎ先の法事で『実は駿がずっと家に戻らないんだ』って話になって、それで『俺、会ったよ』ってことになったらしいんです。で、聞いた叔母が両親に電話してくれたんです。だから、その人が兄に会ったのは一昨年の冬になった頃のことだって」

「二年前か……」

「甥っ子さんが次にその村に行った時にはもう出て行ったあとだったそうです。ああいう場所は季節雇いの人が多くて、いろんな人が集まるからめずらしくはないけど、兄に似た人もふらっと現れて、でも、半年くらいの間に、つぶれそうになっていた牧場をクラウドファンディングでお金を集めて立て直したり、村の祭りを復活させようって言い出して委員会を作ったりしたらしく。たった六ヶ月いただけなのに、村を十年分くらい変えたって」

「それ、絶対、柿枝君よ！」

胡雪が悲鳴のような声をあげた。

「ですよね？　兄だと思いますよね？　いかにもお兄ちゃんがやりそうなことだもん」

柿枝の妹と胡雪が手を取り合うようにして、うなずいた。

「村の皆に好かれて、誰も住んでいなかった家をただで貸してもらっていたそうです。皆、いなくなったのをすごく残念がっていたって」

「柿枝君だと思う。ね？　皆もそう思うでしょ？」

胡雪が一人一人の顔をのぞき込むように尋ねて、伊丹と桃田がうなずいた。田中だけが、小さく首をかしげた。

「実は、今、両親がその村に話を聞きに行っているんです。私は大学があるから行かなかったんだけど、このことを『ぐらんま』の人に伝えて、何か思い当たることがないか、聞いて欲しいって言われたんです」

「お父さんとお母さんは、もっと別の話も聞けたんですか」

「いいえ」

彼女は悲しそうに首を振った。

「残念ながら、今までは、その親族が聞いていた話以上のことは聞けなかったって。ただ、一つわかったことがあって」

「なんですか」

「兄に似た人は、自分のことを『田中健太郎《けんたろう》』と名乗っていたって」

全員の視線が田中に集まった。柿枝の妹は彼を見つめて言った。

「だから、やっぱり、兄だと思うんです」

そこまで言うと、彼女は電池が切れたように黙り、両手を顔に当てて泣き出した。

「私、絶対、兄のこと、諦めません！　だから、こうして待ち受けも兄の写真にしてるし」

彼女はバッグからスマートフォンを出して誰彼となく見せた。そこには彼女と柿枝が並んで写っていた。正月の写真なのか、彼女は着物を着ていて、柿枝と並んでいた。幸せで裕福で美しい兄妹。

最初、誰も手を出さなかった。次にお互いにそれじゃいけない、と気づいたみたいに慌てて手を出した。そして、胡雪が取った。

「いい笑顔」

小さくつぶやいて、田中に渡した。田中は伊丹に渡し、伊丹は桃田に渡し、桃田は少し迷って、筧に渡した。

伊丹は、おいおいそこで筧さんに見せても困るだろ、と思ったけど、筧はその写真をじっと凝視していた。マイカには回さず、柿枝の妹が泣き止むまで、それを握りしめていた。

柿枝の妹は胡雪が駅まで送っていくことになった。

初めて会ったばかりのはずなのに、二人は肩を寄せ合うようにして出て行った。

「あ、筧さんと、それから、マイカちゃんも今日はもう帰っていいですよ」

田中が笑顔を作って口添えした。

「マイカちゃんの残業代は今日一日分つけておくから。筧さんは……」

「あたしはもう帰るところですから」

彼女はなんだかそそくさと帰って行った。仏頂面《ぶっちょうづら》だったのは、図らずも、自分が今起きた、雇い主のハプニングを盗み(盗んでいないが)見してしまったからかもしれない。

良くも悪くも現代っ子で、苦労人でもあるマイカは、田中にうながされると「ありがとうございます！　お疲れ様です！」と言って筧のあとを追うように出て行った。

結局、伊丹と田中、桃田の三人が残った。

「どういうことなんだろうな」

まず口を開いたのは、桃田だった。

伊丹も田中も何も答えなかった。

「本当に、柿枝なのかな」

「どうだろう」

伊丹は言った。

「違うかもしれない。誰も……本当に親しい人間は誰も、彼を見たわけじゃないし」

しかし、三人ともお互いに、思っていることはわかっていた。

たぶん、柿枝なのだ。田中と名乗っていたのはもちろんだが、それがなかったとしても、彼だと確信しただろう。

閉鎖的な田舎の村にやってきて、半年でそこを十年先に進める……そんなことは彼にしかできない。

「田中だって、よくある名字だし」

「そうだよな」

田中がやっと口を開いた。

「日本で一番多い名字だし」

日本で一番多いのって田中だっけ？　佐藤とか鈴木じゃなかったっけ、と伊丹は思ったが黙っていた。

「ちょっと……俺、帰るわ」

田中が急に立ち上がって言った。

「いや、帰るっていうか、約束を思い出した。接待が入っているんだった」

そして、誰もそれに応えないうちに、居間に入っていき、コートと鞄を持って出てきた。

「悪いな。胡雪によろしく伝えといてくれ」

そう言われた時、ああ、そうか、妹を送った胡雪がこれから帰ってくるんだった、と思い出した。そして、感情的になっているはずの彼女の相手をしばらくしなければならないのだ、と気がつき、石ががっちり載ったように肩が重くなった。

田中は胡雪から逃げるのだ。

けれど、逆に、こうしてお互いの腹の中をさぐり合うような会話をするより、胡雪の荒れ狂う感情に身を任せ、話し合った方が気分が楽になるような気もした。

「わかったよ」

黙っている伊丹の脇で、桃田が諦めたように応えた。

昨夜、伊丹が恵比寿《えびす》のマンションの自宅に戻ると、愛菜が待っていた。

彼女には鍵を渡してあって、いつでも出入りできるようにしてある。

「お帰り、大君」

ご飯は食べて帰るよ、と言ったから、今夜は来ないかもしれないと思っていたが、彼女の顔を見ると単純に嬉しかった。

彼女は柿枝のことを知らない。

さらに、もう妻のように伊丹の重たい鞄をダイニングまで持ってくれたり、コートを脱がせてくれる。重い鞄を（たぶん、少しわざと）ペンギンみたいな歩き方で、えっちらおっちら運んでくれる後ろ姿を見ていると、単純にそれだけで、結婚する意味がある、と思ってしまう。

「今日、どうだった？」

ネクタイを外している彼の横で尋ねる。

「別に。いつもと同じ」

ぶっきらぼうにならないように答える。

「いい日だった？」

しばらく考える。彼女が不安にならないくらいの時間。

「いい日だった！　愛菜は？」

「ラブちゃんはねえ」

彼女は、自分のことをあいちゃん、と言ったり、ラブちゃん、と言ったり、本当に甘えている時はラブちん、と言ったりする。もちろん、他人や仕事上では「わたし」と呼称できる人だけれど。

新しいイヤリングと、そのおそろいのネックレスを買うかどうか迷っている、という話を聞きながら、胡雪のことを思い出す。

彼女は、意外に冷静だった。

あれが、もっと感情的だったら、今はこんな気持ちじゃなかったのかもしれない。

「結局、柿枝君の親御さんの報告を待つしかないよね、まずはね」

自分に言い聞かせるよう、噛みしめるように言って話を終わらせたのだった。

「そのネックレス、俺が買ってあげてもいいよ」

愛菜の話が終わるのを見計らって、口を挟んだ。仲間のことを考えながら、ちゃんと婚約者の機嫌も取れる。それが自分。

「ほんと？　でも、誕生日でもないし、クリスマスは終わっちゃったし」

「関係ない。あげたいから買うだけ。いつもご飯とかがんばってくれてるし」

深夜、隣で愛菜が眠ったあとも、伊丹は寝付けなかった。

柿枝について、伊丹が覚えているのはとにかく「眠らない男」だったということだ。大学時代から、睡眠時間は五時間もなかったのではないだろうか。

さらに、興味を持つことができたりすると、三時間、いや、ほとんど眠ってないのではないか、と思われるくらい没頭した。

大学一年の時、学祭で、「絶対に学内で一番利益を出す店を作る」と学内に動物園(動物はレンタルした。利益は出なかったが、大きな話題になり、学祭全体の集客が増えた)を作ったり、急に「全国学生クイズ王」にエントリーすると言い出したり、ミスコンだけじゃなくて、男子もエントリーできる「ミスターコンテスト」を企画したりして。そして、すべてをほぼ成功させていた。

普段からテンションの高い男だったが、そういう時はさらに増して常にハイテンションになり、早口でずっとしゃべり続け、次から次へアイデアが湧き出した。

彼がすることは一見、奇想天外だったりしても、結果的に大学を盛り上げ、知名度も上がるので、大学側にも好感を持たれていた。

「ぐらんま」もその延長だったのかもしれない。

会社の立ち上げから二、三年くらいはよかった。

柿枝は会社の概要を作り、スポンサーを集め、格安で部屋を借りた。大家に企業内容を説明しているうちに「そんな殊勝な信念の会社を作るならぜひ協力したい」と言わせたらしい。

けれど、会社が軌道に乗り始めると、彼ができることはなくなってしまった。

柿枝は営業にも事務にも経理にも、ITにも向いていなかった。

何でもできる、誰よりもできると思っていた彼の能力に、伊丹を始めとして、皆は口に出さずに驚いていた。

少し話を盛ったり、その場の雰囲気を盛り上げて金を集めることはできる。人脈やコミュニケーション能力を使って営業のとっかかりを作ることも。けれど、なぜか、誠実に自分たちのことを売り込むような営業は苦手だった。さらに、なかなか成果の出ない営業先に何度も足を運んで説得することができず、すぐに放り出し伊丹に何度も尻拭いさせた。事務作業は最初から嫌がったし、プログラムには必ず大きなバグを作ってそれをほっぽらかした。

彼は何一つ、最後までやり遂げることができなかった。

伊丹は、自分と彼はわりに似たところがある、と思っていた。けれど、実際の仕事が始まると、少しずつ違いに気づいてきた。

柿枝がコンスタントにできるのはスポンサーを集めることくらいだったが、事業拡張は必要でも、いつまでも金を集め続けるわけにはいかない。それは結果的に会社の借金になるのだから。

それで、田中とぶつかった。

柿枝はとにかく、事業を拡張しようと主張した。大きな部屋を借りて、人をたくさん雇おうとも。それが彼の存在意義を表す、唯一の手段だった。

しばらく必要ない、と何度も何度も皆で説明した。やっと彼が納得すると、本当にすることが何もなくなってしまった。

それでよかったのだ。伊丹たちからしたら、柿枝がぶらぶらしていても、ぜんぜんかまわなかった。ただ、そこにいてくれたら。そして、時々、大口の顧客になりそうな人を連れてきてくれれば御《おん》の字だったし、それができなくてもかまわなかった。

だって、柿枝が好きだったから。皆、彼が必要で、心から愛していた。

頭が良くて、お調子者で、でも、どこか抜けていて、一度何かに集中すると周りが見えなくなる。皆の中心で心の拠《よ》りどころだった。

田中は彼とCEOを交代し、よい意味の「お飾り」として存在してくれることを望んだ。最初からそうすべきだったと言って。皆もそれに大賛成した。

だけど、彼は「うん」と言わなかった。CEOにならないのは、彼のプライドの最後の砦《とりで》のようだった。

柿枝は酒を飲むようになり、昼から深夜まで、ありとあらゆる酒場で杯を空けた。

その席で知り合った人間に自分のアイデアを語り、人の相談に乗り、すぐに人気者になった。そして、誰彼となく酒をおごる。

支払いができなくなると、田中を呼び出した。

その場所は、学生街の居酒屋だったり、赤羽《あかばね》の立ち飲み屋だったり、さらに、赤坂《あかさか》や銀座のキャバクラだったりした。

田中は泥酔した彼をタクシーに乗せ、時には背負って会社まで帰ってきた。

そういう時、多くの場合、柿枝は自分たちをののしった。

心配する胡雪を泣かせ、桃田を罵倒し、伊丹に殴りかかろうとした。

そうなってしまうと、田中が彼をまた、どこかに連れて行った。家に送ったり、別の酒場に連れて行ってまた眠ってしまうまで酒を飲んだりしていたようだった。または、朝まで田中一人が彼の気が済むまで罵倒されたりした。

少しずつ、何かの終わりが近づいているのを、皆、感じていた。

ある日、伊丹が会社に行くと、めずらしく、柿枝一人だけがそこにいた。

彼はノートパソコンに向かっていた。

「何をしているの？」

あの時の彼の顔をずっと忘れられない。

久しぶりに、素面《しらふ》の彼を見た。顔を上げた柿枝の目。彼はすがすがしい表情で、目がきらきら光っていた。

「いいこと、思いついたんだ」

そうだった。すべてはこの言葉から始まるのだ。

いいこと、思いついたんだ。

「何？」

「まだ、内緒。だけど、これで、日本の流通と医療はすべて変わるぞ」

「じゃあ、うちでもできること？」

ふふふ。心から楽しそうに笑って、彼はうなずいた。

その日は、大切な予定が入っていたので、伊丹はそこで会社を出るしかなかった。彼の話をずっと聞いていたかったのに。

それが彼との最後の思い出だ。

あの日、会社に帰ると、柿枝はもういなかった。誰も彼の姿を見た人はいなかった。

その日から、柿枝は会社にも自宅にも姿を現さなくなってしまった。

なぜ、すべての約束を断ってでも、彼の話を聞かなかったのだろう。

ずっとそれを後悔している。


彼についての記憶は、皆、それぞれ違う。

不思議なことに、胡雪は彼の嫌な思い出をすべて忘れてしまっているようだ。あんなに泣かされたのに。次の日、「昨日はごめん。もうしない。もう飲まない」と言われてすべてを許してしまったらしい。今ではよいことしか覚えていない。

桃田はフラットに柿枝のことを話す。「アイデアのかたまりだったね」とか「楽しかったね」とか。他の誰が彼のことを話していても、それを否定しない。

田中は……どこかに柿枝のことをしまい込んで、創業者、起業家としての彼の一面だけを時々、形式的に必要な時だけ話す。

そして、伊丹自身は……わからない。けれど、彼との関係をすべてちゃんと正しく覚えているのは、自分だけじゃないかと思っている。


「ああ疲れた」

伊丹が六本木での面接のあと会社に着いて、いつも田中たちがいる事務部屋や、桃田のIT部屋に入っても、誰もいなかった。キッチンに行くと、筧が一人、テーブルに座って頬杖をついていた。

「あれ、誰もいないの？」

「あ」

急に声をかけられて驚いたのだろう。筧は絵に描いたみたいに、弾かれたように立ち上がった。

「ごめんなさい」

そんな丁寧に謝られて、伊丹の方が戸惑う。

「こちらこそ、ごめんね。驚かせちゃって」

「社長はどっかの大きな病院でプレゼンでしょ、胡雪ちゃんはそれについて行ってる。

そろそろ帰ってくるはず。桃田さんはめずらしく有給、山登りだって。バイトさんたちは誰も来てないよ」

「なーる。でも、それ、山登り、じゃなくて、登山とかトレッキングとか言わないとモモちゃん怒るから」

気がついたら、筧は会社の秘書か、掲示板のようになっていた。

皆、なんとなく彼女に予定や仕事内容を話すから、一番内情を知る人になっている。

「あーあ、疲れた」

伊丹がマフラーを外しながら言うと、「お茶淹れようか」と言ってくれた。

「いい？　お願いできる？」

「もちろん、いいよ。コーヒー？　日本茶？」

「なんでもいい。あ、昆布茶ある？」

彼女はポットから急須に湯を注いで、すぐに昆布茶を出してくれた。

「ありがとう」

ぐっと飲むと、ああ、と声が出た。疲れて冷えた体に、しみじみとうまかった。

ふと気がつく。

「あれ、すぐ飲める」

「ん？」

「この昆布茶、熱すぎなくてすぐ飲めるね」

「昆布茶は急須を使わないから、直接湯呑に熱湯を注ぐでしょ？　それだと熱すぎちゃうんだよね。だから一度、急須とか別の茶碗に入れて、少し冷ましてから淹れるの。それにあんた猫舌だろ？」

「すげー気配りだな」

「たいしたことない。当たり前だって」

「さてはお主、石田三成《いしだみつなり》の末裔《まつえい》だな」

「バカなこと言っちゃって。何言ってるか、わかんない」

筧は伊丹に背を向けたまま笑った。

「筧さん、ご飯できてるの？」

「うん」

「じゃあ、帰ってもよかったのに。掃除とか、ほとんど終わってるんでしょう」

部屋の中は筧が来るたびにどんどん整理整頓され、洗い清められ、美しくなっていく。もう掃除するところはなくなっているほどだった。少しさびしささえ感じる。

「約束の時間になったら帰るけど、誰もいないのに、帰るわけにはいかないよ」

筧は薄く笑う。

「まあ、そうか。でも助かってる。筧さんが来てくれるようになって」

「私は、お金をもらう分、働いてるだけ」

「いや、でもさ。ここまでプロフェッショナルだと思わなかったよ。ご飯も掃除も」

それは伊丹の本心だった。

家政婦なんて、母親や愛菜がすることに毛が生えたもんだろうと思っていた。だけどやっぱり、プロというのは違う。なんの世界でも。

「ありがとう。じゃあ、一つ、相談があるんだけど」

「何?」

「今日のご飯。いつもみたいに夕飯と夜食と二種類作ってあるんだけど、どちらを夜食にするか、迷ってるんだ」

「へえ、なになに?」

「今夜、ご飯、食べてく?」

彼女と約束していなかったっけ、と一瞬考え、視線が宙に浮いた。それを戻して、筧を見ると、謎めいた微笑みを浮かべていた。

「お願いします」

「はいはい」

筧は立ち上がり、キッチンに向かった。

「伊丹さん、普段、あんまりご飯、食べていかないよね」

食器を用意しながら、筧は言った。

「うん」

「彼女と食べることが多いの？」

「まあね」

彼女のことは会社の皆が知っているし、筧にも隠す必要はない。

ただ、どのくらい二人の仲が進んでいるか、それによってどんな変化が起きそうなのかというのが秘密なだけだ。

「今夜のメニューはこの二種類」

筧はテーブルの上に、こまごまと皿を並べた。

「まずはこれから」

筧は二つの小鉢を伊丹に見せた。

「これ、鯛《たい》飯。鯛の刺身に一つは胡麻だれ、もう一つは四国の宇和島《うわじま》風のたれがまぶしてある。白いご飯に載せて食べるの。胡麻だれの方は、お茶漬けにしてもいい」

「うわ、豪勢だな」

「そう。今日はこれでお金を使っちゃったから、もう一品はこちら」

次に、筧はテーブルの中央に鍋敷きを置いて、その上に土鍋を載せた。

「どっちが晩ご飯にふさわしいか選んでね」

鍋つかみを持った手で、蓋をぱっと開けると、伊丹は「おお」と声が出た。

そこには鯛のお頭《かしら》、ぎょろりと目をむいたのが二つ、どーんと載っているご飯だった。

「こちらも鯛飯。焼いた鯛を炊き込んであるの。これから骨を取って、鯛の身を混ぜる」

炊き立てなんだろう。ご飯の湯気で筧の顔が見えないくらいだった。

「これ、おいしそうだなあ。いや、刺身の鯛茶漬けも。どっちも豪勢だよ。選べないなあ。お金、足りた？」

「この、お頭の方は、ただだもの。お刺身買って、頭ちょうだいって頼んだら無料でくれた。でも、よく出汁が出るから少しの味付けでおいしいんだよ。余ったらおにぎりにして、明日、焼きおにぎりにすれば、香ばしくてまた味が変わる」

「この骨、取るの大変そう」

「そう、だから、誰か帰ってくるの、待ってたの。これ、誰かにやらせるわけにはいかないからね」

「だなー。俺も胡雪も不器用だからできるわけがない。あ、これ、あいつには内緒ね」

思わず両手を合わせると、筧は小さく笑った。

「じゃあ、とりあえず、この骨を取って、ご飯に混ぜ込んでおく。どっちでもすぐに食べられるように」

「すいません」

筧は一度開けた土鍋を閉じて、キッチンに持って行った。

伊丹は、飲み終わった湯呑みを握った。それは最初の熱を失っていた。

「鯛なんて食べるの久しぶりだな」

「ん？」

筧が振り返る。

「鯛。久しぶりだな。接待の時、刺身とかでは食べるけど」

「……だって、おめでたい門出には、鯛がつきものじゃないか」

「え？」

伊丹は筧の背中を見つめた。

「何？」

「門出には、鯛がいいでしょって言うの」

「どういう意味？」

すると、筧は、ご飯茶碗をお盆に載せて持ってきた。

「さあ、まずはこれ食べて」

そこには、鯛のほぐし身が炊き込まれた鯛飯と澄まし汁があった。

目の前で湯気を立てている、おいしそうな鯛飯に手をつけることもできず、伊丹は尋ねた。

「あんたの転職と結婚」

「う」

ご飯を口に入れてなくてよかった。たぶん、つまらせていた。

「気がついてたの？」

「まあ、まあ、食べなさいよ。冷めるでしょ」

伊丹はのろのろと箸を取った。

「私は、皆のゴミを捨ててるんだよ。秘密にしたいなら、ここで書き損じの履歴書やら、婚姻届の書き方を調べたプリントを捨てるんじゃないよ」

愛菜に読ませるため、印刷したものだった。

箸を持ったまま、がっくりとうなだれてしまう。

「すいません。他の皆も気づいているのかな」

「ないない。ここにいる人たちは、自分のことで精一杯だもの」

「誰かに言った？　筧さん」

「言うわけないでしょ」

「門出って？」

「すみません」

思わず、また、箸を離して、両手を合わせた。

「別に秘密にしているわけじゃないんだけど、折を見て、俺から話すから皆にはまだ黙ってて」

「わかってるって。さ、食べなって」

再び箸を取った。炊き込みの鯛飯を一口、頬張った。

「うまーい」

「だろう」

筧は立ち上がって、小鉢を並べる。

「おかずは、大根のサラダと白菜のうま煮。こちらも鯛でお金を使っちゃったから節約料理」

「いや、それで十分だよ」

こんな惣菜《そうざい》なんて誰でも作れそうなものだが、筧が作ると味付けのコクと盛り付けが違う。

「刺身を使った鯛飯の宇和島風には漬けだれに生卵が入っているの。大分の漁師飯に、りゅうきゅうっていうよく似た料理があって、やっぱり刺身に生卵と醤油出汁、砂糖なんかで和えたものをご飯に載せて食べるの。生卵が入っているから安い刺身もこってりしておいしくなるんだよ」

「へえ」

「婚約者さんに教えてあげな」

「この炊き込み、本当にただでもらったもので作ったの？　そうとは思えないくらいうまい」

「骨からいい出汁が出るし、身だって、頭のところが一番おいしいんだから。鯛の骨は太いから注意しないとあぶないけどね。そのお吸い物も、鯛のアラから取ったの。ぜんぜん濁りがないだろう」

「ほんと。さっぱりしてる」

「鯛は、やっぱり、ありが『タイ』だねえ。頭の先からしっぽまで残さず食べられる」

「なるほど」

「あんたは鯛だよ」

筧は伊丹を真正面から見た。

「どういう意味？」

「こんなこと、一度しか言わないよ」

「うん」

「あんたは鯛だ。頭からしっぽまで、何をしても食べられる鯛だ。たぶん、どこに行っても成功するし、どこの会社でもやっていける」

「そんな……嬉しいけど、たいした人間じゃないですよ」

「いや、人間にはね、そういう日の下に生まれた人が時々いる。明るくて恵まれていて、それに自分で気づいていないような人。何をやってもそこそこ成功する」

私はそういう人を見てきたよ、その反対の人もたくさん、と筧はつぶやいた。

「そこそこっていうのが、なんかリアル」

「そこそこでいいんだよ。そこそこが一番いいんだから。だからこそ、今、どこかに行かなくてもいいんじゃないか。あんたは光なんだ。この会社の光。今、その光がなくなったらここはあぶない」

「そんなことないよ」

「あるよ」

筧の低い声が響いた。

「もしあるとしたら、それはたぶん、柿枝だ。あいつは本当にすごいやつだったから。あいつこそ、光だったんだよ」

自分じゃない、と伊丹は言った。

「違うね。あたしはその柿枝って人はよく知らない。だけど、ここで話を聞く限り、それは違う。光はあんただ。それを忘れないであげて。皆のために」

伊丹はそれ以上、否定することができなかった。

「いつでも転職できるんだから、もう少しここにいてもいいんじゃないか」

「いや、もう、ここで俺のできることは終わったかなとも思っていて」

「まだだよ」

「え？」

「まだだ」

筧はきっぱりと言った。

「皆はあんたを必要としている」

言い切ると、彼女は立ち上がって、いつものようにコートとマフラーをさくさくと身につけた。

筧の背中に声をかけた。

「あの、待ってください。それでも、婚約者とかその親とかが、大きい会社の方がいいって」

「そんなのうっちゃっておけよ。あんたが、まだここにいたい、なんの問題がある、って言い切れば誰も反対しないよ。反対されたら、そんな女もういいじゃないか。替えはいくらでもいるだろう」

「なんで、そんなことを言ってくれるんですか」

「……昆布茶、褒めてもらったお返し。それに、あたしの職場がなくなったら困るし」

伊丹は彼女を見送らなかった。ぱたん、とドアが閉まる音がした。

バッグからスマートフォンを取り出す。名刺入れから丁寧に、もらった名刺も出した。

「あ、あの、秘書の方ですか。本日、面接でお世話になりました……」

「あ、伊丹さんですか。ちょっとお待ちください」

彼女はすぐにわかったようだった。

「いや、あの」

「伊丹様からお電話があったら、すぐ取り次ぐように言われていますから」

そして、すぐに声が代わった。

「伊丹君？」

さっき会ったばかりの人の声がした。一度息を吸って、一息に言った。

「申し訳ありません。社長は本当にすばらしい方で、ぜひ近くで成長させていただきたいと思ったんですけど……」

断りの電話を入れながら、次は愛菜になんて言おうか、と考えていた。

第四話

涙のあとで
ラーメンを食べたものでなければ

カチ、カチ、カチ、カチ。

かすかだけど澄んだ音が夕暮れの山頂に響く。

桃田の登山は、まずはこの、火打ち石と火打ち鎌がぶつかる、小さな音から始まると言っても大げさではない。

もちろん、登山道を登っている過程も好きだし、それこそ、登山の王道だということは百も承知だが、この音を聞くと「山に来た」喜びがひしひしと身の内に打ち寄せてくる。

かすかな火花が散ったあと、火打ち石と一緒に持っていた火口《ほくち》（蒲《がま》の穂）に着火したものを付け木に移した。焚き火台の上に集めておいた、乾燥した木の葉や枝の上に落とすと、大きく火が広がった。

この瞬間、さらに気持ちが高揚する。わくわく感から、心がふわりと放たれる感じ。

ガスバーナーを使えばもっと楽にできるし、そうしている人の方が多いのだが、桃田はこの過程が何より好きなのだ。

――火を燃やすと気持ちが上がるなんて、おれ、ちょっとやばいのかな。でも、火にこだわるのって、人間の本能な気がするなあ。

火の上に比較的太い木の枝を渡して、いつも使っている、ぼこぼこのアルミ鍋に水を入れて沸かした。しばらく、火と鍋の水面を見つめた。

湯が沸いてくると、お気に入りのカフェで買った、ドリップバッグでコーヒーを淹れた。簡単だけど、インスタントよりはマシだし、疲れが取れる。

山の上の澄んだ空気の中では、その香りも格別に思えた。ここに来ると、嗅覚のみならず、すべての感覚が敏感になるのは気のせいだろうか。

コーヒーを飲み終わると、リュックから筧が持たせてくれた紙袋を取り出した。

――何を入れてくれたんだろう。

開くとまず、韓国のインスタントラーメン「辛《シン》ラーメン」の袋が出てきて、その上にメモが貼ってあった。

「鍋にコップ三杯ほどの水を沸かしてください。お湯が沸いたら、粉末スープを入れてください。」

斜め右上に引っ張られるような、少し癖のある、でも、意外ときれいな筧の文字ががっしり書かれていた。

――筧さんの字、見るの、初めてじゃないかな。

メモの通りに、湯を沸かし直し、スープの素を溶かした。

「溶けたら、野菜セットとウインナーを入れてください。」

紙袋の中を見ると、さらに市販の野菜セット「もやしミックス」と、ちょっと有名なメーカーのスモークウインナーのパックが入っていた。

「ねえ、山でご飯食べるんだけどさ、何がいいかな」

数日前、「ぐらんま」のキッチンで、用意されたご飯を食べながら筧に相談した。

「そりゃ、山って言ったら、おにぎり、玉子焼き、から揚げ……」

筧は指を折りながら答える。

「いや、そういうんじゃなくて。っていうか、昔はよくコンビニのおにぎり、持って行ったんだけど飽きちゃってさ。最近は、火をおこしてお湯を沸かせるし、簡単な料理、なんかできないかなって」

「できないかなって。あたしはモモちゃんがどのくらい料理できるのか知らないし」

「カレーやパスタくらいなら作れるよ」

筧はとっくにモモちゃんと呼んでくれるようになっていた。

実は、「ぐらんま」の中で、一番筧と仲が良いのは自分ではないか、と桃田は密かに思っている。

営業やらなんやらで席を空けることが多い他の同僚に比べ、いつも会社にいるし、ご飯も必ず全部食べる。

最初の頃、「IT部屋に入ってくるのは勘弁して欲しい」と言っていたことが少し恥ずかしいほどだ。これまで、どこか湿って臭う毛布が気楽だと思っていたのに、いつもふわふわの布団やきちんとベッドメイクされた寝具に潜り込むことの心地よさに目覚めてしまった。

――これ、もしかしたら、結婚したり、彼女ができたりした時の気持ちかもしれない……。

今では筧が部屋の掃除をしてくれることが本当にありがたいし、昼間、勝手に入ってきて起こしてくれることさえある。

彼女が来てから作業効率が上がり、仕事がはかどっている気がする。いつも掃除が行き届いていて、よけいなものがない部屋というのは心が安らぐものだ。シャワーに入っても風呂場に変な黒ずみが付いていたりしないのがいい。

時には「モモちゃん、ひどい顔してるよ。お風呂沸かしてあげるからゆっくり入りな」などと、ぶっきらぼうだけど、気の利いた声をかけてもらうこともある。

温かい湯に、疲労で縮こまった体がゆったりとほぐされていく時、ふと、おれ、将来、他の会社とか立ち上げたりしても、いつまでも筧さんに世話してもらいたいなあ、と考えている自分に気がついて、それこそ、「やべえ」と思う。

これ、まさに、ほとんど「彼女」いや、「嫁」じゃないか。

いやいや、それ以上に、「他の会社とか立ち上げたりしても」？

そんなこと、今まで思ったこともなかった。

何考えちゃってるの、おれ。


スープの素が溶けると、メモに従って、野菜を入れた。それが再び沸き上がってきたタイミングで、スモークウインナーを入れて茹でる。

「じゃあ、カップヌードルを作って、その残り汁におにぎり突っ込んで崩して、リゾット風に食べるのは？」

筧がおにぎりの次に提案した。

「それ、料理じゃない。さすがにわびしいよ」

「山なんかじゃ、そのくらいがいいんだって。おいしいし」

「そりゃ、おいしいだろうとは思うけどさ」

「じゃあ、辛ラーメンを鍋風に食べたら？　韓国風の鍋になるよ」

「あ、それいいかも」

その時、一通りの作り方と材料を教えてもらったけど、次の日から急に忙しくなってしまい、スーパーに行けなかった。

「材料は買ったのかい」

顔を合わせるたびに訊かれても、顔を横に振ることしかできないような日々が続いた。

この登山だって、ほとんど無理かと諦めかけていた。けれど、もう一ヶ月近くちゃんとした休みを取ってなかったし、アルバイト学生ががんばってくれて、「ここまでできたら、あとは自分たちでやっておきますよ」というところまできた。

「ほらよ」

昨夜、筧が紙袋を渡してくれた。

「何これ」

「山用のご飯の材料買ってきた。中に作り方とか、全部、書いた紙を入れておいたから」

登山はともかく、ご飯はコンビニで買うしかない、と観念していたところだった。

「ありがたい！」

思わず、筧を拝んでしまった。

「七百九十円」

ぶっきらぼうに手を差し出す。

こういうところがいいんだよな、と桃田は思う。ちゃんと金を要求してくれるから甘えられる。

それなのに、つい、財布から千円を差し出して「おつりいいから」と言ってしまった。

「ちゃんと、つりくらい用意してある」

篔は赤いがま口を出して、小銭を桃田の手に握らせた。

野菜が煮えると、やっぱりアルミの小皿に取って、口に入れた。辛みは強いが味がまだ薄い。

「野菜はそのままでは味が薄いと思いますので、塩胡椒をかけてください。」

篔の紙袋には、ちゃんと小袋に分けた「塩胡椒」が入っていた。さらさらと振りかけると、ちょうどよくなった。

しかし、なんといっても、メインディッシュはウインナーだ。鍋から直接、フォークを刺すと口に運んだ。ぱりり、と音がして、肉汁が弾け飛ぶ。

「うめー」

思わず、声が出た。ウインナーを辛ラーメンのピリ辛の汁が覆っている。香ばしさと辛みが食欲をぐいぐい攻めてくる。

――あー、ビール飲みたい。持ってくればよかったー。

桃田は飲めるクチだが、食事の時に必ずアルコールが必要なタイプではない。それでも後悔せずにいられなかった。

太めのウインナー五本はなかなか食べ応えがあった。最後の一本を残して、筧のメモを読む。

「ウインナーを食べたら、残りの乾麺と『かやく』を入れてください。四分煮たら、チーズと韓国のりを載せて溶けたところで食べて。」

チーズ？　もうおしまいかと思っていた袋をのぞくと、確かに、シート式のチーズと韓国のりのパックが入っていた。

――これ、ぜったいうまいやつ。筧さん、グッドジョブ。

ほくほくしながら、乾麺を折って鍋にぶち込む。時計を見ながら四分煮て、チーズとのりを加えた。

もう、小皿に取り分けるのももどかしい。箸を入れると、麺にチーズが絡んで糸を引いていた。鍋を引き寄せて、かき込んだ。

「あちー、かりー。でも、うめー」

辛ラーメンにチーズとのりが効いている。悪魔的なおいしさだ。やっぱり、ビール持ってくるんだった、とさらに深く悔やむ。

野菜、肉、締めの麺、チーズと栄養たっぷりのご飯を食べて、これほどお腹が満足できた登山は初めてだった。

――これは筧さんに感謝しなきゃ。山を下りたら、なんかお土産を探そう。このあたり、ぶどうの産地のはずだからシャインマスカットでも奮発するかな。時期が悪いか。満腹のせいで、頭がぼんやりしてくる。ぱちぱちとはぜる火を見つめた。

——体、めっちゃ、あったまったなー。

こんな時、思い浮かぶことは一つだった。

——柿枝。お前はいったい今、どこにいるんだ？　北海道って、寒くはないのか？

桃田は、小さい頃から、おとなしくて何を考えているのかわからない子、と言われてきた。

「何考えているかわからないけどね、あんたはいい子。頭はいいし、顔はいいし、手がかからないし。ちいちゃんが小さい時、どれだけ助かったか」

母は今でもそう言う。ちいちゃん、というのは妹の知恵実《ちえみ》で、六歳年下の彼女が生まれてから、桃田はずっとこの妹にやられている。

彼女が生まれた時、すでに物心ついていた桃田にとって、小さくてかぼそくて「えーんえーん」とアニメの中に出てくる赤ちゃんと同じ声で泣く妹は何よりも守るべき、愛しい存在だった。小学校に行くようになっていた桃田には、母を取られるさびしさもそれほどではなく、庇護《ひご》する対象でしかなかった。生まれてからずっと、妹に頼まれたことはなんでもしてあげたし、すべて譲ってきた。

――あれが悪かったんだなあ。

今では妹は暴君で、実家での家事は桃田の仕事だし、誕生日には彼女が指定したのと寸分違わぬものを買わないと泣くし、桃田が家にいれば車で駅まで送れと言う。中目黒《なかめぐろ》の桃田の部屋は、仕事で会社に泊まる日が多いことも相まって、ほとんど妹が使っている。

「お兄ちゃん!」とドスの利いた声で呼ばれるたびに、もう、自然に腰が上がっている。何かさせられることは確実だから。

まあ、彼女が生まれてから二十四年、ずっとその状態なので、特に不満を感じたこともない。

埼玉の、池袋《いけぶくろ》から三十分ほどの実家に、親子四人で暮らしてきた。なんというか「普通の家族」だ。人生も家族も、「ザ・普通」。

姉妹でマウンティングしあっている胡雪の家族関係や、マイカの壮絶な子供時代、ずっと体育会系の部活でエースだったというきらきらした伊丹の青春などを聞くと、「ひえええっ」と思う。感嘆と驚愕《きょうがく》、恐怖を込めて。いや、妹の尻に敷かれている桃田の人生の方が、向こうから見たら「ひえええっ」と言われるかもしれないけれど。

母の知子《ともこ》に「いい子」と言われて育ったから、自分のことを卑下したりはしなかった。ただ一点、なぜか、友達はなかなかできなかった。自分から人に話しかけるのが苦手で苦痛で、高校時代にはついに一人も友達ができずに終わった。

結構、成績は良く、そこそこの進学校だったから、いじめられたりはしなかった。ただ、なんとなく放置されていた。というか、教室で誰にも見えない透明の存在だった。

高校を卒業して大学に入る時、次は絶対に友達を作ろう、と思った。学生時代というのがあと四年間しかないのなら、自分ができる限りの努力をしようと。

ただ、その努力の仕方がよくわからなかった。

各自、それぞれの授業を取る大学では、さらに友達を作ることがむずかしい気がした。

ところが、その機会は向こうからやってきたのだ。

柿枝という形で。

子供の頃、理工学部に通っていた従兄のお兄ちゃんが大学で使ったポケコン（ポケットコンピューター）がおもちゃ代わりに桃田の家に転がっていた。従兄が簡単なゲームをプログラミングすることを教えてくれ、それで、ゲームを作って遊んだ。這《は》っているゴキブリを潰すゲームを作って一人で没頭した。

大学は理系の学部に進むことも考えたが、両親の勧めで経済学部に入ったら、「友達」が向こうから話しかけて仲間に入れてくれたのだ。以来、彼らの中のＩＴ部門として存在している。起業してもほとんどその関係は変わっていない。

山頂の広場に、小さな一人用のテントを建てた。

今のキャンプ用品はよくできているから、慣れていればほんの数分で建てられてしまう。

テントの中に入ろうかな、と思ったけど、まだたき火がちろちろと燃えているのでそれは後回しにして、テントの前に置いたイスに座ってそれを見守ることにした。これもまた、大好きな瞬間だった。

火を見るということだけじゃない。燃えている枯れ木や山の天気に合わせて行動する。自分の予定が、自然に左右されている、と思う瞬間がなぜかたまらない快感を呼び起こす。

一人で山に登り、一人で飯を食べ、一人で寝る。

それは究極の自由なようでいて、環境に大きく左右される。

仕事ではいつも自分が決めて、自分が指示を出す。いつも自分の頭で考え、計画し、アルバイトに教える。それが、ここでは常に自然に翻弄される。

——ああ、妹の知恵実には手を焼かされるがな……。あれも自然の一部かな。

くっくっ、と思い出し笑いしてしまう。

その妹にも最近、彼氏ができたようで、さすがにいつも兄を頼ってくるばかりではなくなった。心からよかった、助かった、と思う。

妹や姉の彼氏に嫉妬する兄弟というのが時々マンガやアニメ、物語に描かれるが、いったい、どこの世界の話なのか、と桃田は思う。妹の彼氏にはただただ「申し訳ない。あんな妹と付き合ってくれてありがたい」という気持ちしか湧かない。

山にいる間、スマートフォンはあってもパソコンは持ってきていない。電源は数時間ごとに入れてチェックするだけで、ほとんど切っている。

仲間や家族にはネット時代の申し子のような存在だと思われているけれど、こうしてどこともつながらない場所にいると本当にほっとする。

「この会社を売るって言ったら、モモちゃん、どうする?」

数日前、田中からそっと打ち明けられた。

「え?」

仕事が忙しくて、この登山の予定も立てられていない時だった。明け方、白々と夜が明けた頃眠り、一度仮眠を取ったあと、昼前に起きようと目覚ましをかけて寝た。

ふっと目が覚めると、桃田の足元に田中が座っていた。

「田中?」

彼はスーツを着ていた。背中を丸めるようにしてぼんやり前を見ていた。

「うん」

「どした?」

目をこすりながら枕元の時計を見ると、まだ、朝の六時過ぎだった。

その時計の針を見ていると、じわじわとことの異常さが身に染みてきた。

まず、田中がこの時間に会社にいることがおかしい。スーツを着ていることがおかしい。普段、ほとんど入ってこないこの部屋にいることがおかしい。さらに、黙って足元に座っていることが……もう、おかしいを通り越している。知恵実なら「キモい」と言っているところだろう。小さなことだが、田中の尻が布団を通して、自分の足の甲に当たっているのも、不思議な感覚だった。

何があったんだ。

「起こして、ごめん」

彼は礼儀正しく、頭を下げて謝った。そういうところはいつもと一緒で、ちょっとほっとした。

「どした」

もう一度、同じことをくり返す。さりげなく、足の甲を彼から離した。

その時彼が言ったのだ。この会社を売るって言ったら、モモちゃん、どうする? と。

その言葉にも驚いたし、状況にも驚いているし、とにかく、頭が整理できなかった。

桃田はそこでやっと半身を起こした。田中と向き合う。

「わかんない」

「え？」

「わかんないよ。そんなこと、急に言われても」

「ああ、そうか。ごめん」

田中はまた素直に頭を下げる。

「実は前々から何社かから申し出はあったんだ」

「買いたいって？」

「そう」

そんなこと、初めて聞いた。

「悪くない条件だった」

「待て待て、会社売るってどういうこと？」

そのあたりでやっと頭が動き出してきた。

「売るっていうのは、売るってことさ。今までやってきたことをお得意さんごと、権利を委譲するっていうか」

「ここで働けなくなるの？」

小さな悲鳴のような声を出してしまった。

「それは、契約次第。だけど、モモちゃんが好きなようにしていいよ。逆に、軌道に乗るまでしばらくはここに拘束される可能性の方がある。特にモモちゃんは。けど、やめたいなら譲渡金額を減らしてできるだけ早く離れることにしてもいい」

「してもいい、ってもうそこまで話が進んでいるの？」

なんだか、急に突き放されたような気になった。肩甲骨のあたりがすうっと冷たくなった。

「違うよ。これは一般論。普通、会社を売却したらどうなるかってこと」

少し安心した。さらに体を起こして、田中の隣に座った。足先が冷たいのは精神的なものじゃなくて部屋が寒いからだった。彼はスーツだから問題ないようだけど、桃田はパジャマ代わりのジャージだ。

「まだ、誰にも話してないんだよ。モモちゃんだけに言うんだ」

思わず、眉をひそめた。

「そういうの、好きじゃないよ」

向こうは取っておきの情報を話してくれるつもりなのかもしれないけど、皆に秘密を持つのは大嫌いだ。

「だよね、ごめん」

田中は素直に謝った。それで、彼が桃田の気持ちを引くためにそんなことを言ったのではない、ということがわかった。

「ただ、どうしたらいいかわからなくてさ。最初にそういう話があった時は別にどうとも思わなくて、自分たちもそこまで来たんだなあって思ったくらいですぐに断ったんだけど、このところ、そういう申し出が一気に二つ三つあって」

「へえ」

「なんだか、自分一人で抱えているのもどうかと思って。皆に相談した方がいいとは思ったんだけど、でも、胡雪とかにどう話していいかわからないし。やっぱり、モモちゃんが一番影響受けるだろうし」

「でも、皆いっぺんに、話してくれればよかったのに」

自分にだけ話すなんてやっぱり嫌だよ、と思う。

こういうところが妙に潔癖なのは、子供の頃からなかなか友達ができなかったからかもしれない。

「ごめんね。でも、本当にここ数週間の間のことなんだよ」

「そうか」

「どう言おうかって迷っているうちにさ」

そこから先は言わなくてもわかった。柿枝だ。彼の妹がここに来たことによって、さらに田中は伝えるのがむずかしくなったのだろう。

「会社を売却することによって、皆、一定時期を過ぎれば、この会社に縛られることはなくなる。もちろん、お金も入るし、好きなことができる……」

「縛られる」

思わず、くり返した。縛られているって誰が？

自分か、伊丹か、それとも田中自身のことか。それとも、柿枝のことか。

「もういいよ。決まってから話してよ」

さらに言葉をつなごうとしている田中を遮った。あまりしないことだから、自分でも驚いた。

「それよりもどうしたんだよ、朝からスーツなんて」

もう、売却のことは聞きたくなかった。よく見ると、彼の顔には無精髭《ぶしょうひげ》が生えていて（そんな顔を見るのはほとんど初めてと言ってもよかった。一度、一緒にキャンプに誘った時にも、朝一に起きて、きちんと髭を剃る男だった）、スーツの背中の部分に皺が寄っていた。かなりしょぼくれた感じだった。

「飲みに行ったんだ。接待。お得意さんと」

田中は下を向いたまま、ぼそぼそと話す。

「いつ」

「今夜」

正確には昨日か、とつぶやく。

「そしたら、そのお得意さんが知らない男を連れてきてさ。そこから会社売却の話が出て」

「うん」

「実はそのあとのことをあんまり覚えていないんだ」

「ええ？」

「話し合いが終わったあと、一人で飲みに行って……あ、ごめん、モモちゃんは働いていたのに」

「いいよ、そんなことは」

本当に、心からどうでもよかった。桃田は飲みに行くより、ここに……会社にいたい人だったから。

「気がついたら、ここに座ってた」

「ダメじゃん」

それ、昔の柿枝みたいじゃないか、という言葉を飲み込んだ。田中も苦しんでいるんだな、とわかった。

「最近、伊丹や筧さんもどこか……前と違うし」

「え」

それには桃田の方が驚いた。

「筧さんが？」

「気がついてなければいい」

「田中みたいに、他の人に隠し事をしていると、他の人も変に見えるんだよ」

「そうか」

顔を見合わせて少し笑った。

ふと気がつくと、火が消えていた。

また火付け石でおこそうか、一応持ってきているライターを使おうか、それとも、もうやめようか。

しばらく何もせず、ぼんやり考える。

少し風が出てきたようだ。木々の間を抜ける、風の音が聞こえる。それに耳を澄ましていると、ゆっくりと心が凪《な》いでいく。

――やめとくか。

火のない場所はすぐに冷えてくる。

山頂の広場には他にいくつかのテントがぽつりぽつりと見えた。数人のグループで来ている人たちもいたし、桃田のように一人きりのもいる。すでに電気が消えているテントもあった。

——おれもそろそろ寝ようかな。

たき火に水をかけて、完全に消火したのを確認してテントに入った。

寝袋に入って寝ころぶ。

——ああ、この時間がまたいいんだよなあ。

小さくなったリュックを頭に当てて、仰向けになった。今の季節は虫の声もない。遠くでぼそぼそと人が話しているような音がしている。いや、それも空耳かもしれない。風の音かも。集団で来ている人のテントは少し遠かったから。桃田自身が彼らを微妙に避ける位置に陣取ったのだ。それなのに、今はその音が声だったらいいと思う。孤独が嫌なのではない。ただ、人が話している声が聞こえたら、よく眠れるような気がした。

——もしも、本当に田中が会社を売ったらどうする？

会社がなくなるなんて、考えもしなかった。大学を卒業してからこれまで。いや、田中が売る、という言い方はおかしいか。会社は皆のものだし、彼は必ず、皆に意見を聞いてくれるはずだ。

——だとしたら、柿枝にはどう報告するのだろう。彼に確認を取らなくていいのか。でも、どうやって彼を捜すのだろう。田中が柿枝になんの許可も取らないでことを動かすわけないよな。もしかして、田中は何か知っているのだろうか。だから、言い出したのか。いや、実は、田中と柿枝はずっと連絡を取り合っていたりして。おれらの知らない場所で。だったら、どうして早く教えてくれなかったのだろう。田中は何か他のことも隠していたりするのか。

その可能性について、今までなんで気がつかなかったのか。

思考が負に傾き、慌てて起きあがった。それだけでは今生まれた不安や不信は消えず、わざとらしく頭をぶんぶんと横に振った。少し頭痛がするくらい回して、やっとおかしな邪推がなくなった。

山はこれが怖いんだ、と桃田は思った。一人でいるから、妙に偏った考えが浮かんでくる。息を深く吸い込んで一気に吐き出す。胸の中の邪念を吐き出すように。

これは昔、なぜか胡雪と一緒に行ったヨガ教室で習った方法だった。

――あれは……柿枝がいなくなった頃だったな。

いつものように桃田がパソコンのキーを叩いていると、胡雪が部屋に入ってきたのだ。彼女は黙って桃田の（実際には会社の、だが）ベッドに座って、不機嫌そうな顔でじっとこちらを見ていた。部屋には桃田の他、誰もいなかった。

その視線に気づきながら、見て見ぬ振りをしていた。相手をするほど暇じゃなかったし、いろいろ面倒くさそうだったし。

「モモちゃん、姿勢悪い」

胡雪は仏頂面で言った。

「そう？」

そこまで言われたら、応えないわけにもいかない。

「毎日、パソコンに向かってさ、体に悪くない？　肩こりとかない？」

「そりゃ、なくはないけど……」

あまり通えていないけど、スポーツクラブの会員でもあったし、時には運動もしている。実際にはそう不具合を感じたことはなかった。

「まあ、こんなもんかなって」

桃田はたいていのことは「こんなもんかな」と受け入れている。他の身体、他の自分を知らないし。

「こう！」

いきなり胡雪が右腕を上げて、左手で右肘を取った。

「え？」

「こうして、こう！」

桃田が戸惑っているにもかかわらず、同じことをさせようとする。

「こうやって肘を引き寄せると、肩首周りの血行が良くなるから！」

腕を上げたまま、「ね？　ね？」とこちらに迫ってくる。

「いや……」

正直、ありがた迷惑だった。

狭い、ちょっと薄暗い部屋に女の子が入ってきて、胸がつきそうなくらい近い距離で運動をする……。もしかしたら、他の女子、気になっている相手とかなら少しドキドキするシチュエーションなのかもしれないが、胡雪にそういうものをまったく感じていなかったし、むしろ不快なのだった。

彼女は友達で、そういう気持ちになりたくなかった。結構、大きな胸が強調される姿勢を見ていると、おかしな気持ちになりそうで、自分も胡雪も嫌だった。

仕方なく、パソコンから離れるふりをして後ろに下がって距離を取ると、胡雪と同じ動作をした。

「ね？」

「ねっ、って……」

「気持ちいいでしょ？」

確かに、そうすると、肩周りのこりがほぐれて、身体が温まってきたような気がした。

「モモちゃん、今度、一緒にヨガ行こうよ」

「ヨガ？」

「そう。今、週一で習ってるの、私。モモちゃんも行こうよ。すごくいい先生なんだ。やっと見つけたんだから。身体だけじゃなく、頭も心もすっきりするよ」

だったら、なんで、この頃ずっと機嫌が悪い……というか、感情的なんだよ、と言いたいのをこらえた。彼女は柿枝がいなくなってから、すぐに涙ぐんだり、怒ったりするようになっていた。

「いや、おれは……」

断ろうと口を開くと、もうそれを予感しているみたいに悲しそうな顔をした。腕を上げたままで。それを見たら否定できなくなった。

「……はい」

「行く?」

「うん」

「よかった!」

やっと胡雪は腕を下ろし、わざとらしいくらい喜んだ。尻を浮かせて小さく拍手するくらい。

「私、ずっと気になってたんだあ。モモちゃんが不健康な生活しているなって。一日中、会社にこもりきりにさせて申し訳ないなって」

当時はまだ本格的に登山は始めていなかった。

いや、気にしなくていいから、と言いたかったがやっぱり我慢した。桃田でも、胡雪が喜ぶのは悪い気はしなかったし。一回くらいヨガに行くだけで、このところふさぎ込んでいる彼女を元気づけられるなら。

確かにヨガは悪くなかった、と桃田は振り返る。

レッスンは金曜の夜だった。場所は中目黒《なかめぐろ》の一角の雑居ビルの中で、二十人ほどの生徒が集まっていた。女性ばかりでなく、少ないけれど男も交ざっていて、気まずい思いをすることもなかった。

胡雪はちゃんと専用のヨガウエアらしい、Tシャツとスパッツを身につけていたけれど、桃田は手持ちのジャージでしのいだ。

どこかの新興宗教のように座禅を組まされたり、「あーうーんー」とマントラを唱えさせられたりした時は、「あれ、ここ、やべえ場所なのかな」と不安になったが、それ以上の宗教っぽさはなく、気がつくとじっとり汗をかいて自分の気持ちに集中することができた。何より、いつも何かを考えて自分で行動することが普通の日々で、人の言うなりに行動することの気持ちの良さというものを感じた。

まあ、先生が「一時間後には新しい自分に生まれ変わっています」というほどの効果があったかは別だけど。

――ヨガも登山と同じで頭を空っぽにして自分以外の力に身をゆだねるのが悪くないんだよね。あのあとに起きたことがなかったら、たぶん、もっとヨガに通っていた。

その後、桃田が一人登山にのめり込むようになったのは必然だったのかもしれない。

教室が終わるとどちらともなく、自然にちょっと飲んでいこうか、ということになった。胡雪の案内で中目黒の駅前のレモンサワーが評判の店に入った。「前に雑誌で見てから気になってたんだ」ということだった。

「せっかく運動したのに、なんの意味もないね」

お約束の言葉を言いながら、二人ともまずビールで乾杯した。彼女が店員さんに相談しながら、店のスペシャリテの肉のグリルの盛り合わせだとかバーニャカウダだとかを注文した。

「えっと、グリルに添えられた焼き野菜の種類は何？　え、ポテトと人参とクレソン？　ポテトはどこの？　え、わかんないの？　じゃあ、他の糖質が少ない野菜に替えられない？　あ、ブロッコリーならあるの？　それにして。人参は……まあそのままでいいか。バーニャカウダの野菜もできるだけ無糖質がいいな。あ、赤大根は好きだから少し多くできる？　じゃあ、レンコン少なくしていいから……」

胡雪のリクエストは果てしなく続いた。桃田は好き嫌いがないし、妹と一緒にいて、女の子の好みに合わせるのには慣れていたから、ずっと横でにこにこしながらそれを見ていた。すると、「彼氏さんはこだわりないんですね」とその店員さんが笑いながらいじってきた。

「彼氏じゃないから。ただの友達」

二人で声を合わせて否定した。

「そうなんですかあ。てっきり付き合っているのかと思いました。彼氏さん、優しそうだなあって」

胡雪とこんなに落ち着いて二人で食事をしたのは初めてだった。会社内で買ってきた弁当を食べたり、皆で飲みに行ったりしたことはもちろん、何度もあるけれど。

長い注文のあと、他愛ない話をしながら、レモンも中に入っているウォッカもソーダ水も、すべて特製のレモンサワーを三杯ずつ飲んだ。

「今夜、モモちゃんちに泊っていい？」

胡雪がとろんとした目でそう言ったのは、三杯目のサワーの氷が溶け始めた頃だろうか。

「え」とか「えええ？」とか桃田が答える前に、「実家まで帰るのが面倒なんだもん」と彼女は早口で付け加えた。

確かに、中目黒と恵比寿の間の坂の途中にある、桃田のマンションには歩いて帰れる。彼女の郊外の実家よりは楽だ。

「いいけど、妹がいるかもよ」

「ぜんぜん、かまわない。ソファで寝かせてくれればいいから」

彼女は瞬時に答えた。

「モモちゃんの家、行ったことないし」

少し迷ったけど、会社でなら何度も同じ部屋で寝たこともあるし、大丈夫だろう、と連れて帰った。

幸か不幸か妹はいなかった。

居間のソファに向かい合って座った時には気まずさもあったが、妹のジャージを出してやると、すぐにシャワーを浴びて寝てくれた。

異変に気づいたのは夜中のことだ。

ふっと目が覚めると、胡雪が桃田の背中にぴったりと身を寄せていた。

——よくよく寝込みを襲われる、いや、寝込みに不意を突かれる体質なのかな、おれ。そういうことされるのは、どこかこっちに問題があるのだろうか。

彼女が桃田の寝室にいつ入ってきたのかわからなかった。ただ、すすり泣いていて、背中の肩甲骨あたりが湿っているのがわかった。

——あの日、おれはどう行動するのが正しかったんだろう。

翌朝、重いリュックを背負って歩きながら、桃田はずっと考えていた。

昨夜はよく眠れなかった、と言いたいところだけど、万年寝不足、子供の頃から寝付きだけはよかった体質で、背中にいた胡雪の温かさとか湿った感じとかを思い出しながら、すぐに眠ってしまった。

あの日、胡雪はしばらくすると離れていって、居間のソファに戻った。

はっきりはわからないけれど、たぶん、胡雪は桃田が起きているのに気がついていた。桃田が起きていても気がつかないふりをしているのに、気がついていた。桃田は胡雪が気がついているのに気がつき、さらに、胡雪は自分が気がついていると桃田が気がついていることに、気がついていた。

——ああいう時の対処法を教えてくれるＡＩがあったら、開発者はノーベル賞とれるんだろうなあ。

あれから、胡雪と二人で出かけたことは一度もない。

朝、起きると、彼女は消えていた。

ヨガに行ってご飯を食べたことも夢だったんじゃないか、と思うくらい、見事に跡形もなく、いなくなっていた。

ただ、ヨガのために持って行ったジャージがいつも持ち歩いているトートバッグに入っていたので、現実だったんだ、と信じることができた。

あの日のことを彼女と話したこともないし、気まずくなったりしたこともない。翌月曜日に顔を合わせると、普通に「おはよ」と言ってくれ、前と同じ関係が続いた。

でもまあ、自分の対処の仕方も悪くなかったんじゃないか、とも思う。

どんな進展があっても良いことにはならなかっただろうし。

いや、もしも、あの時の温かい彼女を抱きしめていたら、今頃は……。

「ああ、もう、やめやめ」

思わず声を出して、また、首をぶんぶん振って邪念を追い出す。そのくらいしないと消えないほどの妄想だった。

――なんか、新しいことを考えよう。胡雪のことなんて考えていると、よけいややこしくなる。

本当はせっかく来たのだから、登山道に集中した方がいいのだろうが、今日は何か考えないと胡雪の亡霊から逃れられそうになかった。いや、彼女を霊とするのは失礼か。

空を見上げる。今朝は少し曇っている。そのせいで寒いけど、空気が湿っていて歩きやすい。

森の木々の間に雲のように霧《きり》がかかっているのをぼんやり見ながら歩いた。

「な、筧さんが結婚してるかしてないか、知ってる人いる?」

伊丹がそんな質問を投げかけたのは、数日前、夜食の時間のことだった。用意されていた食事はスープスパゲッティ。すでに茹でて軽く炒められた麺を、ニンニクが効いたキノコのシチューの中に入れて食べる。アルデンテの本格的なパスタじゃないけど、うまかった。

「してませんよ」

あの日はアルバイトのマイカもいて、即座に答えた。

「なんで、知ってるの?」

伊丹が質問を重ねた。

「前に訊いたら、そう言ってたもん」

「プライベートなことよく訊くなあ、さすが」

桃田がちょっと感心すると、「さすがハーフって言わないでください。私、日本生まれの日本人だし」ときっぱりと言われた。

「いや、そうじゃなくて。若いなあって言おうとしていた」

「どっちも違います。私の属性と性格とは関係ないです」

桃田は焦って、スープが塩辛いふりをして水をがぶがぶ飲んだ。

「田中君はさ、筧さんの経歴とか知っているんでしょ」

胡雪が話を田中に振ってくれた。

心の中で、胡雪サンキュ、と思いながら、田中の顔を見た。

「まあ、一応、履歴書とかはもらっているけど」

皆の視線が、田中に集まる。

「それは、家政婦の派遣会社が作った、ごく簡単なものだったからなあ。家族構成までは書いてなかったなあ」

「え、じゃあ、どこの誰だかわからない人が会社の中に入ってきてるの？」

胡雪が驚いたように尋ねる。

「いや、派遣会社からすれば、自分とこで厳重な審査と、教育をして派遣しているから問題ないんです、ってことなんじゃないかな」

「だいたい、筧さんが結婚しているとか、関係あります？」とマイカ。

「いや、普段は別に気にしないけどさ」

伊丹が弁解する。

「この間、俺、見ちゃったんだよね」

「何を？」

「目黒の駅で、筧さんが若い男といるの」

「え？」

さすがに、皆、食べる手を止めて驚いた。

「まじ？」

「目黒のどこかで会って、これから帰るみたいで。ほら、筧さん、俺らより必ず早く帰るじゃん。だから、連れだって、ドンキ？　じゃなくて、ピエロだっけ、あそこで買い物したんじゃないかなあ。レジ袋持ってた」

安売りの量販店の名前を挙げた。確かに派手な黄色い袋が目立つ。

「いろいろ買ったみたいで、男がかなり大きな袋を二つ提げてた」

「まじか」

「どんな人？」

「確かに、ドンキはかなり親しい男としか行かないよね！」

いろんな声があがったが、一番冷静な田中の声が響いた。

「息子でしょ」

「俺もそう思ったんだけど、息子っていうにはもう少し上のような……老けているって言うか。四十代くらいの人」

「筧さん、いくつだっけ？」

マイカがまったく遠慮のない、タメ口で田中に尋ねる。最近は言葉遣いに気を遣っているはずなのに。それほど、驚いたということか。

「どこか陰のあるような男でね。でも、ちょっとしゅっとしていて、いい男」

「五十二」

「へえー」

「やるじゃん、筧さん」

「いや、人の年齢って見ただけではわからないよ。本当は、二十代とかなのかも」

再度、冷静な田中が言う。

「実は……俺さ、あとを少しつけちゃったんだ」

伊丹が頭をかきながら言う。

「えええええ」

「ちょっとそれはやりすぎ」

「だけど、ほら、筧さんは俺らのこと、結構知っているじゃん。皆、自分のこと話すし。ここの仕事のこととかもわかっているし。なのに、あの人はぜんぜん自分のこと言わない」

「それは彼女の勝手だろ」

「だけど、なんか、悔しくてさ。いや、ここでちょっとからかうネタができればいいな、って思ったくらいのこと」

「伊丹君が、めずらしい」

胡雪が目を見張って言う。

桃田も驚いた。伊丹は明るくて、いつも豪気で人のことなんて気にしていないように思っていたから。

「まあ、ついて行くってほどじゃないんだけどね。俺が行くのと同じ方向に向こうも歩いて行ったから……電車も同じ、山手線外回りだったし。だから、自然、尾行したみたいな」

「じゃあ、まあいいけど」

「二人、どんな感じだった？」

「それがいい雰囲気でさ。筧さんがにこにこ笑って話しかけてて、それを男がうんうん、って聞いてて。途中で、一つ席が空いたら、男が自然に筧さんを座らせて、筧さんが男から荷物を受け取ろうとしたら、男が『いいよ、俺が持ってる』『いいのよ、私の膝に載せて』『大丈夫、持てるから』」

伊丹が、女の声色と男の声色を使い分けて、ちょっとした寸劇みたいなのをした。

「みたいな？　荷物奪い合っちゃってさ。筧さん、俺らには見せない、なんて言うか……」

「女の顔⁉　まじ？」

胡雪が自分で言って、自分で驚いて叫ぶ。

「俺はそこまで言ってない。ただ、柔和な顔だったよ。仕事中とは違う」

確かに、筧さんはどっちかって言うと、家政婦というよりも、ハードボイルド系だからな、と桃田は思った。しかし、「女の顔」という言葉にはかすかな不快感と違和感があった。彼女のことは、どこかお母さんのように感じていたからかもしれない。

「それから、二人そろって新宿で降りて」

「どこに行ったの⁉」

「さあ、知らない」

「おいっ、そこまで盛り上げておいて」

「さすがにそれ以上、ついて行ったりはしないよ。俺だって」

「なーんだ」

「お前ら、最初に、尾行したって言った時は否定的だったのに」

「そこまでするなら、最後までしろ」

皆がわあっと笑ったあと、田中が静かに言った。

「そう言えば、筧さん、中野《なかの》に住んでる」

「え」

「本当？」

「だから、新宿から中央線だ」

「じゃあ、一緒に帰ったのかな。同居、同棲？」

「んな、バカな」

「いや、ありえるでしょ」

やたらと盛り上がってしまった。少し、わざとらしいくらいに。

あれは皆、ちょっと疲れているからでもあるよな、と桃田は思う。

仕事が忙しい上に柿枝の妹が来て、なんだか気の張ったおかしな雰囲気が続いている。

筧の家事でずいぶん助かっているけど。

久しぶりに全員集まって、マイカもいて、おいしいご飯食べて、内容が筧のことであれ盛り上がった。こういう時間がずっと続けばいいのに、と思うほど楽しかった。

——筧さんには悪いけど、あんなことで盛り上がれるなら、また、噂話《うわさ》をしたい。

ずっと下を向いて歩いていた桃田は、ふっと顔を上げて足を止めた。

「うわっ」

小さな叫び声をあげてしまった。

自分の周りが真っ白な霧で覆われていることに気づいたのだった。

前を歩いている、とずっと思っていた女性たちの登山パーティーの姿は、今はまったく見えない。

後ろを振り返る。

誰も来ないし、人の気配さえない。

一メートルの先どころか自分の足元すら見えない。

多少曇り空ではあったが、山の上はそうガスっていなかった。

いつのまにか、こんな濃霧に取り囲まれるとは。

やっと恐怖感がじわじわこみ上げてきた。ここまで濃い霧は初めてだった。

――どうしよう。

しばらく様子を見るか……けれど、これほどの霧がいつ晴れるのか、まったく予想がつかない。とはいえ、まったく視界がない中で歩き回るのも危険だ。

その場でおそるおそる、しゃがんでみた。

草の上なのか、岩なのか、手でそろそろと地面を探ってみる。岩か石のような硬いものも触れるし、草のような手触りもある。視界がないと、人の感覚というものがいかに当てにならないものか思い知る。

自分が今、どこにいるのか、よくわからない。これが、道の真ん中だったら、後から来る人にぶつかるかもしれない、と少し脇にそれようとしたけど、どこからどこまでが道なのかもわからないのだった。

――下りてきた誰かにぶつかって怒られたり、いや、怒られるくらいならいい、怪《け》我《が》させたりしたらどうしよう。

不安と恐怖、そして、急に襲ってきた寒さで歯がかちかちと鳴ってきた。自然、膝を抱えて、小さく丸くなった。

──とにかく、しばらく待とう。ここで慌てて歩いても仕方ないから。

一応、ポケットに入れていた地図を出してみた。しかし、今の状況ではまったく意味をなさない。畳み直して元に戻す。

──落ち着け、落ち着け。とにかく、何分か待って。あ、そういや、しゃがんでからどのくらい時間が経ったんだろう。

体感では五分か十分くらいだと思う。腕時計を鼻先に近づけてやっと文字盤が見えた。けれど、立ち止まった時間を見ていなかったから、どのくらいが過ぎたのかわからない。

──これまではわからなくても、今の時間を覚えておけばいい。八時五十七分。大丈夫、大丈夫、落ち着いて、落ち着いて。

ふっと思い出して、ヨガで習ったように鼻で腹いっぱい息を吸い、口から吐いた。

──心の中の邪念を吐ききるようにするといいって言われた、確か。不安を吐こう。

それを数度くり返して、気持ちが平静になってきた。

──筧さんの噂話なんかで会社の皆の絆を深めようとしたから、罰が当たったのかもしれない。

「ごめん、筧さん」とつぶやき、無理に笑おうとしたけど、うまく笑えなかった。

そうだ。ずっとうまくいっていなかった。

ずっとずっとうまくいっていないのを、見ないようにしてきたんだ、自分たちは。

そんな言葉がすっと頭の中に降りてきた。

「本当は、おれたち、ずっとうまくいっていなかったんだ」と声に出し、それを認めると、ほんの少し、腹の中、丹田《たんでん》のあたりが温かくなってきたような気がした。


柿枝がいなくなったあと、しばらくは誰も気づかなかった。

これまでも数日間、時には一週間くらい、彼が会社に来ないのは普通だったたし、学生時代だって簡単に姿を消して、まっくろに日焼けして帰ってくるようなことは日常茶飯事だった。インドに行ってきた、沖縄でサトウキビを穫《と》る住み込みのアルバイトをしてきた、屋久島《やくしま》で杉を見てきた……などなど、けろりと戻ってきて、話のネタを増やしてくるのが常だった。

だから、いつものことだと思って、気にしていなかったのだ。

二週間を過ぎた頃、胡雪が「おかしい、LINEがつながらない。いつまでも既読にならない」と騒ぎ始め、伊丹が柿枝の実家に連絡して、本当に誰ともずっと連絡が取れていないのだ、ということがわかった。

当時、柿枝は会社の近くの権之助《ごんのすけ》坂のあたりにマンションを借りていた。両親が鍵を持っていたので家まで行って確認したところ、もう何日も帰ってきていないということだけはわかった。ただ、家具も少なく、もともとあまり使っていない部屋だったようだ。

柿枝の両親が念のためと何度も断りながら、警察に行方不明者届を出した。

そう言われても届けを出すと、彼の不在が現実となって襲ってきた。

胡雪は毎日のように電話やLINEをしていて、田中は数日に一度は彼の部屋の様子を見に行っていた。

しかし、数ヶ月すると、誰もだんだん口にしなくなり、話しにくい雰囲気ができあってしまった。

会社としても一番忙しい時期だった。柿枝がいなくなるのと入れ違いのように、長谷川クリニックから紹介された病院の申し込みが殺到した。アルバイト学生を何人も使うようになって、会社に人の出入りが多くなった。

彼らの前で柿枝の話をすることはほとんどなかった。別に隠しているわけではないが、一から説明しなければならないのが面倒だった。

忘れたんじゃない。逆だ。考えないようにしていただけで、皆、ずっと考えていた。頭の中心にいつも柿枝がいた。どうしても、そのことを考えずにいられなかった。口にしなければしないほど、彼の不在は皆に突き刺さった。

酒さえ飲まなければ、桃田にはひたすら優しい男だった。

たぶん、最初に「モモちゃん」と呼びかけてくれたのは彼だ。

それは大学になって最初じゃなくて、生涯最初のあだ名だった。

モモちゃん。

そんなふうに呼んでくれる友達が欲しかった。ずっと。いつでも。

忘れもしない、統計学の授業だ。彼はその時はなぜか必ず、桃田の隣に座った。

「統計学ってたぶん、世界を変える」と言っていた。

桃田の方は「こんな簡単な応用数学なんて、対応しているソフトの名前だけ教えてくれれば十分じゃないか」とずっと思っていた。「こういう調査の結果を読み解くためには、このソフトを使いなさい。以上！」というふうに。

いや、もちろん、基礎となる理論は教わらなければならないことになっているし、それが大学とか学校なわけで、じゃなければすべての授業というのは不要になってしまうのだけど。

桃田からすれば、他にも無意味な学問はたくさんあり、統計学はまだましな方だったから口には出さなかった。自分のような考え方をしない人がたくさんいることもわかっていたし。

桃田にとっては、世の中のほとんどすべての物事は「プログラムがあるかないか」

「ないなら誰かが作っているのか」「いないなら、自分に作る気があるのか」という三項目でできあがっている。そして、もちろん、自分に作る気がない、もしくは興味がないならすぐに忘れる。

例えば、「友達を作る」というプログラムはない。けれど、作れた人がいたら自分のような人間は世の中にいないだろうし、作る気もしないし、作れる気もしない。以上。

入学当初、その視点で教授に質問して、何度か彼らを怒らせた。仕方なく黙っているようになったのだが、そんな桃田に話しかけてくれたのが柿枝だった。

桃田の話を優しく聞き、理解し、友達になってくれて……そして、利用した。

「利用する」というと悪く聞こえるかもしれないけど、桃田にはあまり気にならなかった。むしろ、彼が自分を必要としてくれている理由が能力なんだとはっきりしていて、付き合いやすかった。

柿枝はたびたび、「俺とモモちゃん、似ているのよ」と言った。

「だから、モモちゃんが心配なんだ。その能力を悪用されたり、人のいいところに付け込まれたりしたらいけないから」

けれど、そして確かにそういう部分もあったけど、桃田と同じと言うには、彼は情緒的すぎた。

というか、情緒的な言葉で人を動かそうとすることが多かった。

本当は信じていないのに、「勇気、友情、絆、愛、約束」などの単語を多用して、皆を動かしていた。

桃田にはそれがよくわからなかった。自分はそういうの好きじゃなかったし、柿枝自身も好きじゃないみたいだったのに、なぜ、嫌いなことをするのだろう、と。

「モモちゃんはずっと俺の近くにいろよ。心配だから。守りたいから」

そう何度も言われていた。

——結局、人を動かすことが好きなだけだったのかもしれない、あの人は。

あの人。

彼をそんなふうに突き放して考えたのは初めてだった。

柿枝のことを考えながら、どのくらい経ったのかわからない。

顔を上げると、目の前に絶景が広がっていた。

霧が晴れたのだ。

ずっと考え事をしていて、少しずつ薄くなっていったのに気がつかなかった。いや、実際、それは十分足らずの間に起こったようだった。風が霧を運んでしまったのだ。時計を見ると、三十分とかかっていなかった。

その時になって新たな恐怖がゆっくりと足元から襲ってきた。

絶景が見られるのは、座っているところから五十センチくらい先が絶壁になっていたからだ。

桃田は崖の上に座っていた。

そろそろと四つん這いになって下を見下ろした。そう深い崖ではなかったが、七、八メートルはありそうだ。尾てい骨のあたりがぞくぞくした。

あの時、もう一歩踏み出していたら、確実に崖の下に転がり落ちていた。

帰り道は不思議な高揚と絶望が交互に襲ってきた。

恐怖で体中が震え歯が嚙み合わないほど鳴ったり、まるで雲の上を歩いているかのような幸福と安堵《あんど》につつまれたりした。

外から見たら、ただ、山道を早足で駆け下りる男にしか見えなかったかもしれないが、桃田の内側はその二つの感情が行き来してとんでもない状態だった。

アドレナリンの分泌がおかしくなっているのだろう、と自分でもわかったし、それを何度も言い聞かせたけれど、それは麓《ふもと》の温泉街で日帰り温泉に浸かるまで治らなかった。

「何かありましたか」

湯の中でじっと手を見つめていると、少し離れたところにいる、髭を生やした中年の男から話しかけられた。

「あ、いや」

慌てて手を握って首を振った。知らない人に話しかけられるのも話すのも苦手だった。ましてや、こっちも向こうも全裸だ。

「何かあったのなら、話した方がいいですよ」

少し白濁《はくだく》したお湯から出ている首や肩ががっしりしているのを見て、彼も山男のような気がした。

「え？」

「無理にとは言いませんけど、一度吐き出してから、家に帰った方がいいですよ。私に話さないなら、せめて、ご家族やお友達に話した方が」

「霧にあって」

その言葉を聞いて、口からこぼれるように出てしまった。

男はうなずいた。

「ガスっていましたもんね」

桃田は手のひらを見ながら握ったり開いたりした。そして唐突につぶやいてしまった。

「生きて……いるんだなあ」

気がついたら、涙がぽろぽろと湯の上に落ちた。

男はただ黙って、うなずいてくれた。涙のことには一切触れずに。

そして、「でも、よかった。ご無事で」とだけ言って微笑んだ。

彼に話せて、少しだけど、確実に気持ちが楽になったのを感じた。

礼を言おうと口を開きかけたら「お先に」と言って、男は出て行った。

その背中に縦に走る大きな傷があって、桃田は息を呑《の》んだ。

湯から出て探したけど、洗い場にも脱衣所にも彼はいなかった。お礼を言い損ねたまま、桃田は帰宅した。


「ありがとう。これ、お礼です」

月曜日に会社で、筧にいちごを渡した。

駅の横にあった農協の出店から買ったのだ。

「あら、立派ないちご。ありがとう。じゃあ、皆のデザートにしようか」

「皆の分は別に買って、冷蔵庫の中に入っています。これは筧さんとご家族に」

筧が一瞬、強い視線で桃田を見たあと、「ありがとう」と小さな声で返した。

それで、桃田は自分が、噂話に出てきた若い男のことを無意識に考えて「ご家族に」と言ってしまったことに気づいた。

「……辛ラーメンの鍋、おいしかったです。特に最後の締めのラーメン。チーズとのりが効いていて」

どう言い繕っていいのかわからず、それだけ言った。

「そう。よかった」

筧もいつも通り素っ気なく応えた。

「ちょっとおやつ、食べない？」

「え？」

「辛ラーメン。まとめて買い置きしておいたんだ。私も食べたくなっちゃった。半分こしない？　モモちゃんが食べてくれるなら、私も食べられるからさ」

「あ、いただきます」

筧がインスタントラーメンを作っている間、ぼんやりとその背中を見ていたら、母親がラーメンを作ってくれた、子供の頃の休日が蘇《よみがえ》ってきた。

そう言えば、実家にもしばらく帰ってないな。

なんだろう、あれから、ずっといろいろなことを思い出してしまう。

「来週、実家に帰ってこようかな」

気がつくと、声に出していた。

「ふーん。いいんじゃない」

「最近、帰ってなかったんですよ。親、心配しているかも」

「何かあったの。山で」

「え？」

「なんか、心ここにあらず、って感じだからさ」

言おうか、どうしようか、しばらく考えたあとで、口を開いた。

「霧にあったんです」

そして、山で起きたこと、それから日帰り温泉で会った男のことを話した。

筧は黙って聞いていて、小どんぶりにラーメンを二つに分けて出してくれた。

「うまい。やっぱり」

チーズのり入り辛ラーメンは、やっぱり、猛烈にうまかった。

「だろう」

「だけど、なんか、この間食べたのとは、少し味が違う気がする」

筧が桃田の目をのぞき込んだ。

「そうかい？」

「なんか、香りが……味わいも深くなっているような」

その時、戸口に胡雪がじっと立ちすくんでいるのに気がつき、なんだろう、と思った。

「モモちゃん！」

驚いたことに、彼女は涙を浮かべていた。

「何?」

さらに驚いたことに、彼女は走ってきて、桃田の肩に後ろからしがみついた。

「なんで、話してくれなかったの! そんなことあったなんて。山じゃ、もっと気をつけて、って言ってるじゃない。いつも」

言いながら、胡雪は桃田の肩を叩いた。

「でも、よかった、死ななくて、本当によかった」

私たち、モモちゃんまでいなくなったら、どうしたらいいかわかんないよ。彼女のつぶやきが、首のあたりに温かく響いた。

田中も部屋に入ってきた。

ただ、黙って、桃田の手をぽんぽんと叩いた。

二人とも、勝手に話を聞くなよ、恥ずかしいじゃんか。

「たぶん、いろいろあったから、ラーメンの味も違って感じるんだろうね」

筧がしみじみと言った。

「男として、いや、そういう言い方はいけないか。男女平等だもんね。人間として成長したんだね」

「そうよ、モモちゃん! これを契機に自分を大切にしなくちゃ」

胡雪がやっと肩から離れてくれて言った。

「うん」照れながら、素直にうなずいた。

確かに柿枝は優しかった。けれど、こんなふうに怒ってくれたり、彼が困った時に相談してくれることもなかった。今はそうされることが、ありがたく思える。

「成長できたんですかね。そうなら、少し嬉しいけど」

そんなふうに認めるのは嫌だったが、言わずにはいられなかった。

「いや、違うね」

筧が首を振った。

「へ？」

「これは、私がゴマ油とすりごまを足したから」

「どういうこと？」

はははは、と筧が笑った。

「ゴマ油とごまのせいで味が深くなったの。チーズも二倍入れたしね。皆、単純だね」

「まじか」

「残念ながら、そう簡単に人は成長してくれないよ」

「だまされた」

「ちょっと、筧さん、ひどい！　私、本当にしみじみしてたのに！　私たちの気持ちを弄《もてあそ》んでる！」

胡雪が怒鳴る。

「これはもう、僕たちにもラーメンを作ってくれないと、許しませんよ」

田中まで、怒ったふりをする。

やられたな、と思いながら、桃田も苦笑した。

はははははは、まだ笑いながら、筧は立ち上がって、キッチンに向かった。

第五話

目玉焼きはソースか醤油か

「皆、死んでしまえばいいのに」

寛みのりは、そう傍《かたわ》らにいる若い男に言った。

「そうだね」

彼は無表情でうなずいて、寛みのりは彼が自分の言っていることをまるで聞いていないということを確かめた。

少し前から……東上《とうじょう》線で池袋を出て、下板橋《しもいたばし》のあたりから早くも上の空だなあ、と思ってはいたのだが。だから、思ってもいない、過激な言葉を使ってみた。

この人、そういうところがある、とみのりは思った。

いつも、どこか上の空なところが。いつもぼんやり漂《ただよ》っていて、この世界を生きていないところが。

それも、彼の経歴を考えれば仕方ないとさえ言えることだった。

何もない、荒涼《こうりょう》とした人生を経歴ということができるのならば。

「次でいいのかな」

彼が小さな声で尋ねてきて、みのりは彼が自分を無視していたわけではなくて、ただ、これから行く街に緊張しているだけだ、ということがわかった。

「そうね、次でいいんだと思う」

スマートフォンの地図を見ながら、限りなく優しい声で答えた。

庄田翔太《しょうだしょうた》という名前を見た時、みのりはてっきり偽名を使ってる、と思ったのだ。

「ふうん」

大阪は天王寺《てんのうじ》の裏、いつも看板のライトが消えかかっているラブホテルの従業員ロッカーで、彼の履歴書を見ながら鼻で笑った。

「なんですか」

彼はふてくされたように足を組み、みのりを挑戦的な目でにらんだ。

「いや、別に……」

仕事柄、というか、ここで働くようになって三年、チーフになって一年あまり、やさぐれた男や女には飽きるほど会ってきた。このくらいのことで、ひるむみのりではない。

「もしかして、間違ってますか」

「何が？」

つけつけと尋ねて履歴書から顔を上げると、怯えたような目にぶつかった。それで彼が、とても怖がっているのだと知った。

いつも彼の気持ちを読み違えてしまう。というか、彼はいつも人に誤解される。

「履歴書の書き方とか……」

「いいや、違うんだ。ごめん」

なめられるわけにはいかないが、かといって、相手に威圧感を与えるのがねらいでもない。

すぐに表情を和らげ、「なんだか、漫才師みたいな名前だね」と言うと、やっとにこっと笑った。口元から見えた八重歯がちょっとかわいかった。

「ショーダショータとかさ、吉本《よしもと》にいそうじゃない。はい、こんにちは、ショーダショータでございます、みたいな?」

日頃、愛想のない女が冗談言っている、と自分で自分に驚いていた。

「そういう名前なんでしょうがないんです」

彼は頬のニキビをいじりながら、言った。

口を開くと、八重歯だけでなく、歯並びがかなりがちゃがちゃなのが見えた。

歯並びはともかく、肌をもう少しきれいにすれば、見える顔になるのに、と思った時にはもう、何かをつかまれていた。

三十七という年齢にしては若く見えた。ニキビこさえている歳でもないだろ、インスタントのものばかり食べているからそんな肌になるんだよ、となんだか悲しく、いらいらした。

「なんだ。てっきり、偽名かと思ったよ」

いや、それでもいいんだけどね、とみのりは付け加えた。

こういう場所で働く人に、厳しい身辺調査をしたってなんの意味もない。その頃すでに、ラブホテルの清掃員になかなか求人が集まらない景気になっていた。偽名でもかまわないし、簡単な履歴書さえ持ってくれば身分証を確認することもない。古いアパートだが寮もあって、住み込みもできる。

そのくらいの条件でやっと人が来てくれた。だけど、家出少女や引きこもりニートやら、借金取りに追われている人やら、訳ありしか集まらない。

翔太もそんな一人だろうと思っていた。

「こっちの言葉じゃないね」

「そっちだって」

彼は上目遣いにこちらを見た。

「生まれは東京です。あちこちぶらぶらして、今はここにいるけど」

大阪弁も話せるけど、相手が東京の言葉だと自然にそうなるんです、と説明した。

「あたしも元は東京。東京のどこ？」

「埼玉です」

「東京じゃないじゃん」

思わず笑った。地方に来ると関東生まれ、ということを東京、と言ってしまう人は結構いる。

「ネットに住み込みできるって書いてあったけど」

彼もまたそれを目当てに、応募してきたようだった。

「寮は御堂筋《みどうすじ》線の西田辺《にしたなべ》だよ。地下鉄だと二つだけど、自転車でも歩きでもここまで通勤できる」

「はあ」

「一つ訊いてもいい?」

「なんですか」

「三十七年間、どんな人生だった?」

唐突な質問だとは自分でもわかっていた。彼が少しは戸惑うかと思った。でも、即答だった。

「生まれてこなければよかった」

怒りも不満もない、平然とした表情だった。

しばらく、彼の顔が見られなかった。理由を訊くこともできなかった。

「……じゃあ、明日から来て」

そういうと、ぱっと顔を輝かせた。

「採用ですか」

人手は慢性的に足りておらず、正直、誰でもよかった。

「まあ、まず三ヶ月は見習いだけどね」

「ありがとうございます」

ちゃんと頭を下げたので、安心した。そういう作法は一応できる子らしい。

「じゃあ、明日ね」

そう言ったのに、なかなか腰を上げない。もじもじしている。

「どうしたの」

「今日から働けませんか」

「見た目と違って、結構、やる気、あるじゃん」

みのりは低く笑った。

「いや……金なくて」

「もしかして、泊まるところも？」

「はい」

ちっと舌打ちしたのは、忌々しく思ったからではなくて、優しくしてしまいそうな気持ちをごまかすためだった。

「じゃあ、少し待ってて。あと一時間くらいで、あたしあがるから。そしたら、寮まで連れて行く。今日は本当にまだ働かなくていいよ。ここで休んでな」

そう言ったのに、みのりが客室を掃除していると、翔太はのぞきにきた。そして、黙って、水をくんだり、使った雑巾を洗ったりしてくれた。嬉しかったけど、礼は言わなかった。


なぜ、あの日、自分は会ったばかりのこの子に気を許してしまったのだろう。たとえ、三十七歳だったからって。

今でも時々、考えてしまう。

「仕事さえしてくれれば、何してもいいんだけどさ」

その日、寮に案内する途中、朝から食べてない、という彼に西田辺の小さな商店街の中華屋でラーメンをおごった。がつがつと麵を口に入れる彼を見ていて、つい、そんなことを口走っていた。

「やめる時だけは一言、言ってくれ。急にいなくなるとさびしいから」

ああいう場所では、ある日、ふいっといなくなる人が多い。前日まで何も言ってなかったのに来なくなってしまう。携帯は通じないし、寮はもぬけの殻だ。

慣れようとしているけど、それまで特に問題なく、機嫌良く働いていたのに消えられると自分のせいのように感じてしまう。思い当たることが何もなくても本当は不満を抱えていたのではないだろうか、きつく当たったのではないだろうかと思い悩んでしまう。ましてや、彼らを叱責したことなんかあったら、しばらく眠れない。

翔太に言った時、自分がずっと傷ついてきたのだ、と知った。他人には平気な顔をしていたけれど、ずっとずっと、気にしていたのだと。

ラーメン二つに餃子《ぎょうざ》、少し迷って肉野菜炒めを頼んだ。餃子は一皿に五つ載ってきた。翔太がおずおずと箸をのばし、几帳面に二つだけ食べて、それ以上は手をつけなかった。野菜炒めの野菜を取る時、キャベツに箸を付けてはみのりの顔を上目遣いで見、スナップエンドウを挟んでは見、いちいちこちらをうかがってくる。そして、肉にはいっさい手をつけなかった。その目つきが、また、みのりの言葉にならない感情をゆさぶった。

「肉、嫌いなのかい」

「いえ……」

「じゃあ、お食べよ。あたしはそんなに食べられないんだから。遠慮なんかすんな」

自分は餃子を一つだけ食べて、あとは乱暴に皿を押した。

当時も、家政婦はやっていた。

もともと家政婦の方が本業だった。ここ数年は景気が悪くて仕事が少なく、休みの合間にできる仕事を、と思ってラブホテルの清掃をパートで始めた。

みのりは体を動かすのが好きで、だらだらとしている方が性に合わなかったから、空いた時間の小遣い稼ぎくらいのつもりだった。けれど、土日も厭《いと》わず二つ返事でシフトに入り、仕事も丁寧なみのりをオーナーが気に入って、どんどんホテルの割合が増えてきた。

しかし、家政婦よりも時給が悪いので、ホテル清掃が増えてしまうと結果的に収入が落ちる。それを彼に正直に話したら、チーフという、アルバイトとパートをまとめる役割を与えられて、時給を五割も上げてくれた。

深夜帯の受付は、オーナーの親族だという「雪野《ゆきの》」という老女がいつも座っていた。みのりはよほどのことがないと受付には座らなかったし、清掃員が客と顔を合わせることは絶対にないように厳しく言い含められていたけれど、雪野がみのりを気に入って、よくそこに呼ばれて話した。皆、雪野さん、と彼女を呼んでいたけど、それが名字なのか、下の名前なのか、最後までよくわからなかった。そんな付き合いだった。

雪野と受付にいる時、いろいろなカップルを見た。

孫と祖父母のような驚くほど年齢差のあるカップルはもはや普通で、逆に驚かなくなっていった。

四十代の主婦らしい女がエコバッグに買い物したばかりの食料をいっぱいに詰めて、若い男と入って行った時には、他人事《ひとごと》ながらこれから夕飯に間に合うのかと心配になった。

彼女は終わったあと、そのエコバッグを中身の食材ごと忘れていった。

みのりは雪野と、食材をエコバッグに入れているのと、スーパーのポリ袋に入れているのと、こういう場所で置き忘れた時にどっちがやばいか、ということをおしゃべりした。二人とも、ぶっちぎりで「エコバッグ」だろう、ということになった。エコバッグでレジ袋代二円を節約する、良い妻がここに来る方がやばい。

紫に染めた髪がいつも美容院に行ったばかりのようなのに、化粧気はほとんどない雪野を、オーナーの本当の母親なのではないか、とみのりは考えていた。確信はないが、それを隠して勤めている気がした。また、彼女がパートやアルバイトを隙のない目で見張っていて、いろいろオーナーに告げ口しているのも気づいていた。スパイとして派遣していたのかもしれない。だから、どんなに彼女がオーナーの悪口を言っても、決してそれに乗らなかった。

用心しながらも彼女が嫌いではなかったし、親子であることは知らん顔していた。そんなことを問いつめたって仕方ない。人はこちらが理解できない理由でたくさんの嘘をつくのだから。

でも、エコバッグのようなところで意見が合う女だったから、長くパートできたんだろうな、とみのりは今でも思う。

驚いたことに、その良妻だか悪妻だかわからない女は翌日、エコバッグと食材を取りにきた。その場にみのりは居合わせなかったが、受付裏のバックヤードで、レシートと品物をつき合わせていったそうだ。

「こう、じっくり、品物を一つ一つ調べはってねえ」と、雪野は老眼鏡をずらして、彼女の様子を真似して見せた。

「あんなもん盗むと思ったんかなあ。わたしらも見下されたもんや」

「冷蔵庫に保管しておいて、よかったですねえ」

みのりが前日、気を利かせて入れて帰ったのだった。

「まあ、今日来んかったらもらって帰って、もうほかしましたって言おう思ってたけどな」

あはははは、と彼女は大きな口を開けて笑った。

「あの人、老眼だったんですか」

「そう。あれは結構、見た目より歳いってるな」

「へえ」

「帰る時にな、アルバイトの弓《ゆみ》ちゃんが出て行くのをじーっと見て、私にも仕事ないですかね、とか言いよった。ありません、って断ったわ」

「来てもらえばよかったのに」

シフトを回すのに、毎月頭を悩ませていたみのりは本心から言ったのだが、彼女にじろりとにらまれた。

「あんな人、怖くて雇われへんわ」

彼女と雪野のどちらが怖いのか、とみのりは思った。

今頃、あの人たちは、みのりと翔太について噂しているかもしれない。地味な中年女と若い男が駆け落ち同然で出て行ったんだよ、と。


Tという駅で降りた。

そこで降りたのは、翔太が生まれ育った町を「埼玉県の、池袋から出ている路線の、確か、動物の名前が付いた駅だった」と記憶していたからだ。

ここ一ヶ月ほど、週末になると池袋から電車に乗って、「動物の駅」で降りている。

彼はそこに十か十一くらいまで住んでいたらしい。それから、母親と各地を転々とし、十七、八の時、大阪で母親といたアパートを飛び出した。

「なんか、いらいらしてたから」

その理由をみのりが訊くと、彼はそう答えた。

「それはあんたが？　母親が？」

「自分が」

それ以上は語らなかった。

彼の境遇を知れば、それはもっともだと思えた。

何かがおかしい、と気づいたのは彼を雇って三ヶ月くらいした頃からだ。

他でも清掃の仕事をしたことがあるらしく、飲み込みは早かった。聞けば清掃だけでなく、工事作業員や引っ越し作業、工場での仕分けなど、短期やら日雇いやらのバイトを転々としてきたらしい。

他のアルバイトやパートと親しげに話したり、馴染《なじ》むことはなかったが、もともとニートでも引きこもりでも、真面目に働いてくれさえすれば雇う場所ではあったので何も問題はない。みのりとも、最初のラーメン以外は特別親しむということもなく、たんたんと通ってきた。

「丁寧な仕事をして、遅刻をしなければ、誰も文句は言わないよ」とみのりが指導をした際に教えると、こくんとうなずいて「助かります」と言った。

不思議なもので、それでも彼がただの「無口」じゃない、ということは他の作業員にも微妙に伝わった。

「あいつ、逃亡犯かなんかじゃないかな」

そんな噂がみのりの耳にも入ってきた。

「めったなこと、言うんじゃない」

思わず休憩室でたしなめたのは、小学校四年から一度も学校に行ってないと豪語する、彩花《あやか》ちゃんという十九歳の女の子だった。

「だって、庄田さん、絶対に写真に写らないんですよ」

唇をとがらせて、彼女はみのりに言いつける。

登校拒否から引きこもり、ニートになっていた彼女を母親が引きずるように連れてきて、大泣きしながら親子ともどもオーナーと面接をしたのが二年前のことで、今ではいったいこの子のどこが問題なのかわからないほど仕事にも皆にも馴染んでいた。

最初の頃、研修以外は一人で作業させ、他のアルバイトと顔を合わせないようにし、もし合わせても挨拶や雑談は不要とする。それだけで、彼女は少しずつ皆に馴染み、話し始めた。

「写真嫌いな人、いるよ。うちの婆さんも、自分の顔見るの嫌だって言って、ほとんど撮らせなかった。葬式の時、遺影の写真を探すのに苦労してねえ」

別の四十代のパート女性がため息混じりに言った。

「それは、そういう年代の人だからでしょ。あたしらは違うもん。庄田さん、彩花がお弁当をネットにアップするために撮る時、写り込むのも嫌がるんだよ」

「それは、後ろに写らないように気を遣ったんじゃない」

「だけど、この間、バイトの皆で飲みに行った時も最後に写真撮ろーってなったけど、いなくなっちゃった」

「あれだけ、無口な子なら、最後までいるのがつらかったんやない」とパート女性がかばった。

「だけど、真理恵《まりえ》ちゃんのこと、ずっと口説いていたみたいですよ。飲み会の間、ずっと話してた」

引きこもりの子たちもしばらくすれば普通の若者に戻る。そうなれば、研修でパートのおばさんたちに必死に頼っていたことも忘れたかのように、若いアルバイト同士で仲良くなっていくのだ。

パートとアルバイトに時給の差異はないけれどどこか境界線があって、彼らは彼らでよく飲みに行ったり、誰かの誕生日パーティーをしたり、時にはキャンプに行ったりする子までいるらしい。

みのりは、それはそれでいいのではないか、と思っている。むしろ、元気になっていくのを見るのは楽しい。

けれど、彩花ちゃんの話には少し不機嫌になっているのを感じた。とっくに三十を超えている翔太だって、みのりたちに比べればまだ若いし、女性に興味もあるのだろう。

それを突きつけられた気がした。

勝手に、そういうことには興味がない人間なのかと思っていた。

「さあね、借金取りに追われているのかもしれないし、人のことはあれこれ噂するんじゃないよ。ここはそういうことをしないから、皆、いられるんだしね」

みのりにはめずらしく、少し厳しい言葉をかけると、彩花ははっとした顔になった。

もともと、神経の敏感な子だったから、すぐにみのりの注意に気づいたらしい。

自分が彼女にそんな顔をさせたのを見たくなくて、みのりはさっと立ち上がり、休憩室から出ようとドアを開けた。彼はそこにずっと翔太が立っていた。

聞かれた、と思った。彼はそこにずっと立っていたような気がした。

「あんたが写真嫌いだから、皆、変なかんぐりするじゃないか」

とっさに、そう言った。

「すみません」

彼は素直に頭を下げた。

次の日、庄田翔太はいなくなってしまった。

T駅は改札口を出たところで、南口と北口に分かれている。

「どっち?」

みのりが傍らの翔太に尋ねると、彼は頭を右に傾けた。

「じゃあ、両方見てみるか」

黙ってうなずく。

「どっち、先に行こうか」

今度は左に傾ける。

「じゃあ、まずは南から行こうか。暖かそうだしね」

みのりが薄く笑って見せたが、翔太は無表情のままだった。

南口は小さな駅ビルにつながっており、パン屋とチェーン系のスーパー、さらに進むとマクドナルドもある。さまざまな駅に降りたってきたみのりは「こちらが町の表側だな」と直感した。駅のどちら側も開けている町もあるが、多くの駅はどちらか側だけに商店や食べ物屋が集まり、反対側が住宅街になっている。

実際、階段を下りると、ロータリーがあって、バスとタクシーが数台停《と》まっていた。その周りを居酒屋やコンビニ、牛丼屋が囲んでいる。

それをふらりと一周すると、翔太も黙ってついてきた。

ロータリーから放射線状に三つの道が続いている。それらを一つ一つのぞくように見たあと、尋ねずにはいられなかった。

「どうだい？」

「うーん」

ここでやっと翔太は声を出して、顔を右に向けた。

「少しでも覚えがあったら、そっちに行ってみよう。別に違ったら違ったでいいから」

みのりたちは、翔太の生家を探しているのだった。

ふらりと出て行った翔太がまたラブホテルに舞い戻ってきたのは、数ヶ月後のことだった。

みのりが深夜帯のパートを終えて、朝六時に裏口から出て行くと、その向かい側の道に翔太が立っていた。

目が合うと首を折るようにして、こくん、とうなずいた。

みのりが知らん顔で天王寺駅の方に歩いていくと、そのあとをついてくる。子犬のようだ、と思った。

牛丼屋の前まで来た時、振り返って顎を動かし「入る?」と尋ねるとまた、こくんとうなずいた。

カウンターに並んで座った。他に客は一人、体の大きな若い男がいるだけだった。

朝食のメニューを差し出すと、一番安い、卵かけご飯のメニューを選んだ。みのりは牛丼の頭《あたま》の小鉢が付いているものを選んだ。翔太が小声で「ご飯、大盛りにしていいですか」と訊いたので、うなずいてやった。

品物が運ばれてくると、翔太はまたがつがつ食べた。

彼がご飯を半分まで食べたところで、みのりは小鉢を差し出した。

「食べなよ」

「ありがとうございます」

「どこに行ってたの」

彼は答えなかった。

「悪いけど、出戻りは雇わないんだよ、うちは。特に、黙って出て行ったやつはね」

そんな規則などないのに、そして、自分の口添えがあればオーナーはまた彼を雇うだろうとわかっていたのに、みのりは言った。

「話してくれなきゃ、助けることもできないんだよ」

すると彼は周囲をきょろきょろ見回して、奥の席に座っている大男がこちらに見向きもせず、塩鮭に食らいついているのを確認すると、みのりの耳に唇がくっつきそうなくらい近づきささやいた。

「戸籍がないんです」

「え？」

思いがけない答えに、みのりは戸惑って聞き返したが、そこではもう二度と彼は口を開かなかった。

さまざまな答えを予想していた。どんな答えでも驚かないつもりだった。借金でも犯罪でも、夜逃げでも離婚でも……ありとあらゆる対応を考えていたのに、それは聞いたことがない言葉だった。

牛丼屋を出て近くの雑居ビルの地下の喫茶店に入った。そこもまた、老人が数人いるだけだったが、みのりは一番奥の、誰もいない席を選んだ。関西の店らしく、朝はコーヒーを頼むと、卵とトーストがついてくる。みのりは断ったのに、彼はまたそれもがつがつと食べた。

みのりはわかった。

自分は腹を空かしている人間を邪険にできないのだと。彼らに冷たくしたり、拒否したりすることは絶対できないのだと。それが自分の弱点なのだと。

まずは腹を満たしてやろう。拒否するのはそれからでもできる。

「で、どういうことなんだい？」

「……戸籍がないんです。自分は」

「だから、それはどういう意味なんだい、って訊いているんだよ。戸籍ってあの、戸籍？　役所の？　紙に書いてある？」

彼はトーストを頬張ったまま、うなずいた。

「誰にも言わないでください。今まで話したの、一人か二人か……三人です」

その中の一人は一緒に住んでいたこともある女性だったが、告白してから別れることになった、と言った。

「わかったよ。だけど、どういうことなの？　最初から話して」

それで、彼は話してくれた。自分には生まれた時から戸籍がないということ。母はひどい暴力を振るう男と結婚していて、妊娠がわかると命からがら逃げてきたこと。その男に居場所を知られないために出生届を出すこともかなわなかったこと。住民票を移すこともなくいろいろな場所を転々としてきたこと。名前も本当に庄田なのか、よくわからないこと。十二歳くらいの時に大阪にやってきたこと。戸籍がないので学校に行ったこともなく、ちゃんとした職にも就けなかったこと。頼んでも、母は父に見つかることを恐れて戸籍の申請をしてくれなかったこと。十七の時、戸籍のことで母を責めて喧嘩《けんか》になり家を出たこと。それから十数年後一緒に住んでいた新世界《しんせかい》のアパートに行ってみたけど、もうそのアパートごとなくなって駐車場になっていたこと。周りの人に訊いたら、その数年前にアパートで女の人が自殺したため、事故物件になって取り壊されてしまったこと。その女は聞いた限りでは自分の母親と年格好が似ていたこと……。

底なし沼のような話に、みのりは思わず話をさえぎった。

「役所に相談してみたことはあるの？」

「……一度行ったことはあるんですけど……」

「どうだった？」

「なんか、警察を呼ばれて」

「え？」

翔太の話は要領を得ないが、みのりが何度も訊き返して把握した限りでは、いろいろ話しているうちに役所の職員が翔太に外国人ではないかと疑いの目を向けてきたので思わず大きな声を出してしまったらしい。それで他の職員も集まってきて、恐怖を覚えた翔太はそこから出ようとした。職員が彼の服を引っ張り、それでどちらからともなくつかみ合いになって、相手を一発殴ってしまった。

「それから行ってません。もしかして、捕まるんじゃないかと思って……」

彼の恐怖の原因がうっすらとわかった。

「なるほど。だけど、そんなことじゃ、もう捕まらないと思うよ。あんたが悪いんじゃない」

しかし、彼は恐ろしげに、目をきょろきょろと動かした。

「なるほど」

どう言っていいのかわからなくて、みのりはまたくり返した。

「どうしたらいいのかねえ」

「仕事を……」

「それだけ紹介してくれれば別にいいんです。何もしてくれなくても」

彼はそう言ったが、みのりは見捨てることができないような気になっていた。

もう、彼は満腹のはずなのに。

もしかしたら、本当に空腹なのはみのりだったのかもしれない。


「なんとなく、違うと思う」

しばらく考えていた翔太が言った。

「そうかい。じゃあ、反対側に行くかい」

T駅の裏側、北口もまた、さらに小さなロータリーがあって、放射線状に細い道が延びている。その間に、チェーンのラーメン屋と持ち帰りの寿司屋、消費者金融のＡＴＭなどだけがぽつんぽつんと並んでいた。

よくある街だった。都心にも郊外にも、地方にも。

ただそこに立っているだけで、足元から冷え込んでくるような風景だ、とみのりは思った。帰ろうか、と横の翔太に語りかけようとした。

帰ろうか、池袋で何か食べて行こうよ、もう、探すのはやめよう、このままうちにいればいいじゃないか、あたしの稼ぎでなんとかなるんだから。それか、弁護士の先生に相談してみよう、もしかしたら、あたしの戸籍に養子として入れたりできるかもしれない。それができるなら入れてやるよ。なんの取り柄もない戸籍だけど、あんたがそんなに欲しいなら入れてやる。お金がかかるならあたしが働いて稼いでやる。ねえ、もう、休日ごとに生家を探すのはやめよう。あたしが言い出したことだけど、見つかったら、もっともっとさびしくなるような気がするよ……。

「なんか、見覚えある、かも」

「え？」

予想外の答えが聞こえてきて、みのりは驚いて横の男を見た。

「この感じ……小さな広場があって、小屋があって」

彼は目の前を指さす。

小さな広場、というのは、ロータリーのことらしかった。小屋というのは、消費者金融のＡＴＭを囲うガラスのボックスのようだった。

「本当に？」

あまりにも長い間空ぶり続きだったので、喜びよりも疑いの方が強く出てしまった。

「うん」

彼はめずらしく、みのりをまっすぐに見た。

「覚えがある。母親が仕事で遅い時、あの小屋の中に入って、待っていたの、覚えてる」

具体的な話が出てきたのは、こちらに来て彼の生家を探すようになってから初めてなので、少し希望が見えてきた。

「じゃあ、行ってみようか」

「う……ん」

覚えていると言ったのは彼なのに、返事はか細くてあやふやだった。

「しっかり。あんたが育った家を探すんだよ」

「わかってる」

彼はおそるおそる歩き始めた。そして、歩き始めたら迷い無く、放射線状の道の一番左端、小型のスーパーと不動産屋、中年女性のためのブティックなどがほんの少しだけ並んでいる、商店街とも言えない道に入っていった。

庄田翔太が戻ってきた、とみのりがラブホテルのオーナーに言うと、彼は怒鳴るように「誰?」と尋ねた。

「庄田翔太です。前にここで働いていた」

「ショーダショータかあ」

彼は自分が座っていた事務用デスクの、一番幅のある引き出しを開いて、従業員のファイルを取り出した。

日頃は「俺、人の顔は一度会ったら忘れないんだよ。パーティーですれ違ったくらいじゃダメな時あるけど、話して声を聞けば一発だよ」と誇らしげに言っているのに、翔太のことはまるっきり忘れていたらしかった。

まあ、彼が覚えているのは、どうせ、自分の得になる相手だけなんだろうけど。

「ああ、出て行ったやつね」

彼が書いた、簡単な履歴書を引っ張り出した。

履歴書に並ぶ字は、小さくて丸っこくて量も少なくて、紙の上に虫か豆を散らしたように見えた。

「戻ってきて、また働きたいと言っているんだけど」

「ふーん」

「前の時は急に親戚が病気になって呼び出されて、無断欠勤したんだって。それで、来にくくなってやめたらしいよ」

みのりはとっさに言い訳を作った。

「まあ、みのりさんがいいなら、かまわないけど」

オーナーはぱらぱらと当時の資料をめくった。

「ああ、そいつ、いなくなったあと、寮を見に行ったら、何もなくなってたんだった。荷物も何も、きれいに片づいてて」

「そうでしたっけ」

寮を確認して掃除したのはみのりではなかったので、知らなかった。

「まあ、汚したり、ゴミを置いていったりするよりはいいけどさ、あんまり何もなくて、部屋も汚れてなくて、なんか存在感ないやつだな、と思ったんだよ。まるで幽霊みたいな」

「そんなことないですよ」

思わず、言った。

「そう? 俺はとにかく、みのりさんがいいならいいから」

オーナーは四十二で、ラブホテル以外に、キャバクラや貸しビル、賃貸アパートなどいろんな商売を手広くやっている人だった。元はやくざではないけれど、十代の頃はずいぶん荒れていたそうだ。少年院に入り、検査したらIQがかなり高かった。本人曰《いわ》く、普通の学校では、生徒だけでなく教師までもが皆、バカに見えてうまくいかなかったらしい。

院内にいた二年の間に取れる資格は、簿記やらフォークリフトやら危険物取り扱いやら、全部取らせてもらったという。退院して、二十代のうちに社長になった。

そんな叩き上げなのに、社長になってからはあまり苦労していないのか、意外にひねくれたところがなく素直なのが、みのりにはやりやすかった。

「じゃあ、ときびすを返す瞬間、「でも、次になんか問題起こしたら、みのりさんに責任取ってもらうからね」と彼は早口で言った。

振り返ると、資料をデスクの中に戻すため、下を向いていた。

こういうところが油断ならないのだ、とみのりは思った。一代で天王寺や新世界でいっぱしの「顔」になった男なのだ。一筋縄では行くはずがない。

翔太のことも本当はちゃんと覚えていたのかもしれない。

こうして、住んでいた街や家を探して、彼のルーツを探ることは、大阪時代から始まったことだった。

「ねえ、あんたが住んでいたっていう新世界のアパートに行ってみないかい。なくなっているって言っても、周りの人にもう少し聞けば、詳しいことがわかるかもしれないじゃないか」

家政婦に清掃に、普段は働きづめで部屋にいることなどほとんどないからいいけど、休みの日、六畳とキッチンだけの1Kの部屋に二人で顔をつき合わせていると、どことなく気まずく、みのりから言い出したことだった。

ラブホテルの清掃に再雇用が決まっても、翔太はなぜかみのりの部屋から出て行かなかった。みのりもまた、「移ったら」という言葉を言い損ねていた。

翔太はそう指示したわけでもないのに、二畳ほどのキッチンに、貸した毛布に身をくるんで、縮こまって寝ていた。

その姿を見ていて思いついたのだ。彼の身元を探してやろう、と。

「……出て行きますけど？」

朝食を食べていた彼は上目遣いにきょろりとこちらを見て、そう答えた。

「え？」

メニューはご飯と味噌《みそ》汁、目玉焼き、菜の花のお浸し……そのくらいのものだった。

みのりは半熟の目玉焼きをご飯に載せて黄身の部分に醤油をかけて食べるのが好きだ。パンの時はソースをかける。そして、ご飯に載せることがわかっていても、目玉焼きは皿に入れて出す。

翔太は最初、ご飯でもパンでもソースをかけていたが、今ではみのりの真似をして醤油をかけるようになった。

「長居してすみません、すぐに出て行きますから」

みのりは白飯の上に載せた目玉焼きの黄身に箸をぶすっと刺した。黄色いものがとろりととけて醤油と混ざる。

「どうしてそういう話になっちゃうの？」

出した声が小さな悲鳴のようになって、自分が一番驚いた。

「いや、出て行って欲しいのかな、と思って」

「そんなこと、言ってないよ。ただ、あんたの身元を調べて、探して、戸籍のこと、できることがあったら何かしたいと思っただけじゃないか」

気がつくと、左手に茶碗を、右手に箸を持ったまま泣いていた。どうして涙が出てくるのか自分でもわからない。箸を持った手で目を押さえる。

「すみません。本当にすみません」

翔太の方がおろおろした。彼は箸を下ろすと、みのりの肩に手を置いて「ごめんなさい、泣かないでください」と言った。彼がみのりの体に触れるのはそれが初めてだった。

「俺はただ、迷惑をかけていたら申し訳ないと思って」

翔太はここに来て数日で、目玉焼きをご飯に載せて醬油をかけて食べるようになった。それに気がついた時、みのりはどこか微笑ましいような、嬉しいような気持ちになったが、すぐに悲しくなった。

彼の変化は目玉焼きだけじゃなかった。ここに来たばかりの時は歯磨きは寝る前にしかしなかったのに、みのりの起き抜けに歯磨きをする習慣を見て彼もするようになった。朝はラジオ体操をすること、ご飯を食べる間はテレビを消すこと、晴れた日はよほどのことがない限り洗濯をすること……すべて彼は自然に自分の中に取り入れた。

彼はこうして、どんどん自分を変えて生きてきたに違いない。いや、そうでなかったら生きてこられなかったのか。

そんなに人の真似をしていたら、自分がなくなってしまうのに。

彼が今後、自分のルーツを探したいと思った時、本当に大切なことも消えてしまっているのではないだろうか。一緒に暮らしていたという、お母さんの記憶だって。

「ソースだった？　醬油だった？」

「え？」

「目玉焼き。お母さん、ソース派だった？　醬油派だった？」

彼は理由も訊かずに顔を右に傾けて考える。

「ソース……かな。よく覚えてないけど」

「探そうよ」

「何をですか」

「お母さんのこと、調べようよ。全部の記憶がなくなる前に」

みのりの考えを詳しく説明したわけではないが、彼は今度は素直に「うん」とうなずいた。

彼らが最後に一緒に住んでいたという、地下鉄の駅から徒歩十分ほどの木造アパートは確かになくなっていた。みのりはその隣の家の人や、跡地の駐車場を管理している不動産屋に行って、自殺した女とアパートのことを尋ねた。

隣の家の人はかかわり合いを恐れてか、本当のことなのか、「知らない」と言い張った。

不動産屋には八十くらいの老人と六十くらいの女がいて、年の離れた夫婦のようだった。

「個人情報は漏らされへんから……」

女は老人の顔を見ながら言った。

「すみません。でも、どうしても、この子が自分のお姉さんじゃないかって言うんで」

みのりは自分の後ろに立っている翔太を前に押し出しながら説明した。

「家族ならなんで連絡がけえへんの？」

「……ずっと離れて住んでいたので」

翔太が言い訳にならない言い訳を、もそもそと言った。

しかし、彼らにはそれだけで十分だったようで、「たぶん、お姉さんじゃないと思うよ。もっと歳のいった人やったね、お父さん」と老人の方を見て言った。こういうことには慣れている、というか、もともと口で言うほど個人情報保護法を遵守しているわけではなさそうだった。

お父さんというのは、夫なのか父なのか義父なのかと思いながら尋ねた。

「どのくらいの歳の人ですか」

「三年前、亡くなった時は六十くらいやったかねえ」

三年前六十なら翔太と二十六歳差だ。あり得る話だと思った。

そして、店の帳簿だか、日報だか、日記のようなノートを確かめて、自殺が起きた日付を「大家さんにはわしらが言ったたって言わんといてや」と言いながら教えてくれた。

けれど、大家さんの名前までは教えてくれなかった。

「あのあと、店子《たなこ》が一人二人と抜けていってなあ。こういうとこやから、あんまり事故物件とか気にせんのやけど、大家さんはもうアパートは疲れたって言わはって、あたしらがずいぶん止めたけど、更地にしたんよ」

図書館に行ってその日付の新聞を調べ、地方紙の小さな記事を見つけたが、その名前は載っていなかった。区役所や警察にも行ってみたが、名前は教えてくれなかった。

大阪ではもう調べるすべがなくなって、「東京に行こうか」とみのりが言うと、彼は少し驚いた顔を見せたが、やっぱり素直についてきた。

商店街とも言えないほどの道をずっと歩いていくと、駐車場があって、道が三つに分かれていた。そこで翔太は立ち止まった。じっと考え込んでいる。

「間違った方に行ってもいいんだよ」

みのりは彼の気持ちを楽にしようとして言った。

「違ったって気がついたら、またここに戻ってやり直せばいいんだから」

人生はそんなふうにいかない。けれど道くらい間違えさせてやりたかった。

「うん」

翔太はうなずいて歩き出した。

彼が選んだのは一番左の道だった。両側に住宅街が続いていると思ったら突き当たりにスポーツクラブがあって、ガラス越しにプールが見えた。クラブの建物に沿ってまた左に曲がる。急に車道に出て少し驚く。翔太はそこで立ち止まり、きょろきょろと見回したあと、それを渡った。車道沿いをずっと歩いていく。ほとんど会話もなく、気がつくと彼は下を向いてしまっている。

ちゃんと前を向いて歩かなきゃ、正しい方向かわからないじゃないか、と言いたいところだったが、何か言ったら萎縮させてしまいそうなので我慢する。

前から手押し車を押しながらゆっくり歩いてくる、腰のまがった老婆が見えた。日本中どこでもよくある風景だ。自然、みのりは彼女を目で追ってしまった。のろいけど確実な足取りで進んでいく。どこに行くんだろう。明確な目的があるのか。今は一人だけど、家に帰ればたくさんの家族に囲まれているのかもしれない。自分と彼女のどちらが幸せなのだろうか。

「こっち」

老婆を見ていて歩みが遅れてしまった。翔太が五メートルほど先で小道を曲がろうとしてこちらを見ている。

「ごめん」

慌てて彼のあとを追う。

「ごめん、ごめん、めんご、めんご」

自分は今、にやついているだろうと思った。つい、普段は使わない、古くさい言葉を使ってしまう。

あたしにだって、目的はある。

「こっちなのかい」

考えてみれば、翔太が駅からこんなにはっきりした意志を持って歩いてきたことは、今までなかった気がした。

「たぶん」

もう、駅から十五分近く歩いてきていた。しかし、翔太とその母親の、当時の状況を考えると妥当な距離なのかもしれない。

「うん」

彼は道を曲がると十メートルほど歩いた。そしてまた、小道を曲がった。

「あ」

曲がったとたん、声をあげる。

「え？」

みのりは翔太の顔をのぞき込んだ。

「あそこかもしれない」

彼が指さした先に、かなり古そうな、赤い屋根の二階建てのアパートがあった。壁の色はグレーともベージュともつかない色をしていた。一階に四戸、二階に四戸、青いドアの部屋が並んでいて、錆び付いた鉄の階段が張り付いていた。

両側に一軒家が建っていて、どちらも同じくらい古びている。昔の建築だからか、どちらも敷地いっぱいに建てられていた。手前右側の家が茶色のトタンで覆われている。奥左側ははがれそうな打ちっ放しの壁に黒い屋根だった。

「本当に？」

疑っているわけではなく、なんとなく口から漏れてしまった。

「うん」

「そうか」

「二階の真ん中の部屋。赤い屋根の家を描いた。お母さんがクレヨンを買ってきてくれたから何度も何度も描いた。隣の家も描いた。茶色の家を描きすぎて、すぐに茶色がなくなった。お母さんにあの家はもう描くなって怒られた。そのうち、部屋を出たらいけないと言われた」

なんと応えていいのかわからなかった。自分たちはずっとこれを探してきた。大阪から彼の身元を調べに来た。だけど、どこか本当にあるのか確証がないままだった。

ふっと、彼が「お母さん」と言うのを聞くのが初めてだと思った。気がついたら、胸が苦しくなった。

横の翔太を見ると、不安そうにこちらを見ていた。しっかりしなければならないのだと自分に言い聞かせる。

アパートに歩み寄る。

隣の家と家の隙間がほとんどない。首を曲げてのぞいても何も見えない。ここは周りをぐるっと見て回ることさえできないのだ。

「どうしたらいいかねえ」

「うん」

家がわかったところで、住んでいるのは当時と同じ人ではないだろう。

思い切って両側の家のブザーを鳴らした。何度鳴らしても、茶色い家からは応答がなかった。けれど、家の前に花の鉢があって枯れてはいなかったから誰かが住んでいることは確かだった。反対側の黒い屋根の家の方には一応門があって幅一メートルもない、猫の額ほどの庭がある。そのブザーも鳴らした。

「はい」

古いインターホン越しにも歳がいっているとわかる女性の声がした。

「すみません。お隣のアパートのことでお聞きしたいことがあるんですけど」

「……はい」

「申し訳ありません。ご迷惑はおかけしませんが、ちょっとお話させていただいてもいいでしょうか」

自然、声を張り上げていた。その声がほとんど人がいないような住宅街に響くようで恥ずかしかったが、見回してみても誰かがこちらを注視しているような気配はなかった。

しばらくして、まぶしそうに目を細めながら、引き戸を開けて老婆が顔を出した。先ほどの老婆と同じように腰をかがめている。それでもグレーの割烹着《かっぽうぎ》のようなものを着ているのでちょっと若く見える。

「なんでしょ」

意外に警戒している口振りではなかった。

「あの、すみません。こちらのアパートですが」と指さした。

一瞬、何を訊いたらいいのか、自分でもよくわからなくなった。

「あー、あのー、今どのくらい人が住んでいるのかわかりますか」

「……どうかね。よくわからないけど……上に一人、下に二人くらい住んでるみたいよ。上は」と右の方をさし「あの端の部屋ね、あそこに一人、下は両側に一人ずつ」

「真ん中が空いているんですね、どちらも」

「そうね。真ん中の部屋は……あれでしょ。やっぱり角部屋の方が人気なんじゃないの」

「そういうもんですよねえ」

なんとなく、相づちを打つ。

「ここは、昔はその先にこうでんさんの工場があったからね」老婆は虚空を指さす。それは木の葉のように揺れるが、その先に自分たちの未来があるかのようにみのりと翔太は見つめた。「そこの工員さんたちが住んでいたもんだけど、こうでんさんがつぶれてからしばらくがらがらでね。生活保護のおじいちゃんなんかがやっと入って、ほら、三万いくらかが生活保護の家賃の限度だからさ、だけど、それも一人二人といなくなって……」

こうでん、というのは公電なのか、工電なのか、はたまた光電なのか……わからないまま聞いていた。

「亡くなられたんですか」

「それもあるけど、このあたりの家賃がどんどんさがって今二万くらいだから、生保の人ももっと駅前の広い家に住むようになったの」

「へえ」

「でも、最近、またそこに大きな病院ができるもんだから、その作業をしている人やなんかが一時、住んでるみたい」

「昔、住んでいた人を知りませんか。小さい子供とお母さんの」

翔太がたまらなくなったように尋ねた。

そこで彼女はやっとほんの少し警戒したみたいで、彼の顔を見た。

「三十年くらい前です。このくらいの男の子と髪の長い女の人」

「さあ、どうだったかしらね」

老婆は首を振る。

「三十年前……あたしも若かったし、子供のことやなんかでそれどころじゃなくて
……」

「大家さんはどちらかわかりますか」

みのりが尋ねた。

「さあねえ。駅前にいくつか不動産屋があるから、そこの人に訊けばわかるんじゃない

の」

そこからしばらく話したが、それ以上の情報はなかった。

駅前の不動産屋は三軒目でやっとヒットした。

住所とアパート名（「五月《さつき》ハウス」というのがその名前で、見た目と違ってずいぶんおしゃれな名前だわ、映画か少女マンガの舞台になりそうな、とみのりは思ったが、ただ単に大家の名前が五月だったらしい）を言うと、「はい、あそこを管理しているのはうちです」と背の小さい、顔の丸い男が出てきた。

四十代半ばかな、と思いながら、みのりは「ちょっとおたずねしたいんですけど」と言うと、いちおう、にこやかに「どうぞ」とイスを勧めてくれた。

「実はちょっと人探しをしていて」

この男には小手先の嘘など通じまい、この小狸《こだぬき》は見た目よりずっと頭が良さそうだ、とみのりは思った。

実際、彼はちょっと困った顔になった。

「この子の母親を探しています」

「……あ、お二人は親子さんではないんですか」

「あ、はい……ちょっと知り合いで」

「そうですか」

「あのアパートにこの子が三十年ほど前に住んでいまして、その当時のことを大家さんにお聞きしたいんですけど」

「母とは生き別れみたいになってしまったんです。それで、何か少しでも手がかりがないかと思って来たんです」

翔太がはっきりした声で言ったので、みのりはびっくりして彼の顔を見た。そして、彼が本当にこの件を知りたいのだとわかった。

「うーん」

小狸は人の良さそうな顔にちょっと困った表情を浮かべた。

「やっぱり、個人情報とか厳しいんですか」

みのりが問うと、「それもありますけどねえ。今ね、大家さんの情報というのは、店子さんにもほとんど教えないくらいなんですよ」

「へえ」

「他のところは違うかもしれませんが、うちで管理しているところはね、家賃はこちらで預かって大家さんに振り込み、小さな苦情とか、修理くらいならこちらで処理します。まあ、最初の契約の時に名前くらいはお教えしますけど、電話番号とか住所さえ言わないくらいで」

「なるほど」

「ちょっとむずかしいですねえ」

「そこをなんとか」

「ま、大家さんにおたくの連絡先をお教えしますから、その気になったら先方からご連絡する、ということでいいですか」

彼は良くも悪くも話が早く、実質的な人間なのだと思った。もっと話しても、これ以上の条件は引き出せないだろう。

みのりと翔太は顔を見合わせた。

「じゃあ、お願いします」

みのりが声を出す前に翔太が返事をした。


ぐらんまのキッチンでみのりが野菜を刻んでいると、「今日のご飯、なあにー」と訊かれた。

「サラダ」

いつも以上にぶっきらぼうに言うと「やった」という声がした。

「ん？」

振り返ると、モモちゃんが軽く両手を上げているのが見えた。

「サラダ、好きなのかい」

「普通の野菜は嫌い。筧さんのサラダが好きなんだよー」

急に涙がこみ上げてきて、すぐに前を向いて刻むのを続けた。

ここの子たちはなんでこんなに素直なんだ。あたしが作ったものはなんでも残さず食べ、お金を払っているのに「ありがとう」と言い、すぐに褒めてくれて……いや、褒めてくれなくたってその顔を見ればわかる。皆、満足してにこにこして、元気になって帰って行く。

みのりはその場にいないことも多いけれど、きれいに洗われた食器や「おにぎり、また作ってください」というメモでわかる。

「こんなの普通だよ」

鼻をちゃんとすすり上げて、声が変わらないと確信が持ててから言った。

「え、じゃあ、ドレッシングは何を使ってるの？」

「ドレッシングは手作りの醤油ドレッシングだけど、あんなのは作ったうちに入らない」

「毎回作ってくれてたんだ」

「だって、本当に簡単だもの」

「え、そんなに簡単にできるの？　おれにもできる？」

「ああ」

「だったら、教えて！　あれ、おれ、毎日食べたい。本当においしいから」

「あれは、醤油と酢とゴマ油と……」

また振り返って言いかけたら、涙がほろりとこぼれた。

「ちょっと、どうしたの、筧さん」

桃田の方が焦って駆け寄った。

「なんでもないよ。ごめん、ただ、ちょっと」

みのりは両手を顔に当てて、少し泣いてしまった。

「ちょっといろいろあって、本当に」

こぼれたと言っても数分で止まった。みのりはエプロンで顔をふいて彼を見た。

「悪い。ちょっと私生活でいろいろあったんだ。だけど、話したくない」

「わかった」

彼は重大な秘密を打ち明けられたように、重々しくうなずく。

「じゃあ、聞かない。だけど、何か言いたくなったら教えて」

「他の人にこのことは言わないで」

「もちろん」

「ドレッシングはね」とすぐに話を変えた。「醤油、酢、ゴマ油、サラダ油を全部等分に、一対一対一対一」

「え、全部いっしょ？」

「うん。あとは好みで、胡麻ちょっと入れたり、胡椒足したり、味濃いの好きなら塩をひとつまみ入れてもいいよ」

「そうなんだ。だけど、本当においしいよね。市販の和風ドレッシングは買ってきても

すぐ使うの忘れて、持て余しちゃう」

「それはたぶん、あれだね、手作りは全部の材料がフレッシュだから。買ったドレッシ

ングは、どうしても混ぜてから時間が経つでしょ。それをごまかすためにいろいろ入れ

てるんだと思うんだよね。でも、簡単なものをさっと作った方がおいしい」

「今度の週末にすぐにやってみる」

「あー、教えるんじゃなかった」

「なんで⁉」

「教えたら、もうモモちゃんが喜んでくれなくなるじゃないか。こんな簡単なこと、っ

て感心もしてくれないだろ」

「そんなことないよ、絶対、寛さんが作った方がおいしいし」

「他のドレッシング、考えないと」

「大丈夫、本当に好きだから、これ」

みのりはまた野菜を刻み始めた。人参やきゅうり、キャベツはもちろんのことセロリ

なども細く刻めば彼らもどっさり食べてくれる。

桃田は冷蔵庫や戸棚をのぞいて、醬油などの材料を用意した。

「今、やってみるから、教えて」

「教えるほどのものじゃないよ」

彼は大さじ一杯ずつ、みのりに教えられた通りの材料を混ぜた。そして、みのりが刻んだ野菜を二つの小皿にとってざっとかけた。

「さあ、僕が初めて作ったサラダ」

「はい、はい」

「まずは、これ食べて」

「野菜を刻んだのは、あたしなんですけど」

二人でテーブルについてサラダを食べた。

「まずまずだ」

「やっぱり、おいしいね」

今度はこらえようもなく、涙があふれてきた。

彼らは何も知らない、自分たちがどれだけ恵まれているか。その代わり、いろいろな不満や悩みがあっても、小さい頃からちゃんと親がいて育ててもらった彼らは素直に愛情を示す方法を知っている。

みのりは十四歳になって間もなく、妊娠した。堕胎したけれど、当時のみのりの小さな世界は一変してしまった。親は自分たちとは別の部屋でみのりにご飯を食べさせるようになった。母が持ってきてくれる食事はおにぎりだけのこともあった。父は、みのりが十五で家を出るまで、一度も一緒に食事をとってくれなかった。

みのりにとって、いつも食事の記憶は、孤独や悲しみ、絶望と近い場所にある。せめて自分は他の人を、食べることで悲しませたくない、と思っていた。

もしも、その時の子供を産んでいれば、今の翔太と同じ歳になる。

自分が産んで育てていたら……いや、あの環境で、桃田たちのように育てられた自信はない。きっと自分の子は翔太のようになるだろう。ここの子たちのように、豊かにのびのびと育つことはなかっただろう。

「生まれてこなければよかった」

それ以上の答えも、それ以下の答えもなかった。みのりが一番聴きたかった言葉であり、一番聴きたくなかった言葉でもあった。

それなのに、時々、みのりはここの子たちがかわいくて、好きで、翔太と密かに比べていることがある。それはあまりにもひどいことだとわかっているのに。

だから、時々、彼らを嫌いそうになる。

大家からの連絡はまだ来ない。

第六話

筧みのりの午餐《ごさん》会

「ここが今日、一番のお勧めでーす」

不動産会社の営業、内海芽依《うつみめい》が少し大げさに声量を上げて、軽自動車の助手席のドアを開いた。朝一番の内見だというのに元気な声だった。

「ありがとうございます」

本来なら、女性にドアを開かせたりしないのだが、つい、他のことを考えて動作が一呼吸、遅くなってしまった。

「ごめんね、ちょっとぼんやりしていた」

謝りながら、車から降りた。

「とんでもない」

彼女の、輝くような白いスーツは悪くなかった。ぴったりと体に張り付いて、バストとヒップが強調される。髪型は一転してショートカットだ。ぱっと見、どこかの女性国会議員のようだが、顔立ちがフェミニンなので救われている。男に好まれ、女にもぎりぎり嫌われないライン。営業としては満点だった。

「大切なお客様ですから」

そう言いながら、大げさなくらいけろけろと笑った。

二歳年下の彼女と不動産を見て回るようになって、三週間ほどが経つ。雑談の中で、すでにお互いの経歴や育ち、年収や休日の過ごし方などは一通り話してしまった。

彼女は田中の予算も希望も熟知していて、よい物件があるとすぐに連絡してくれる。話がまとまれば、大きな営業成績となるのだろう。

「ここ、ぜひ、見ていただきたいです。田中さんが考えられていたようなものとはちょっと違うかもしれないけど、むしろ、ご希望には添うんじゃないかと思って」

連れてこられたのは、一軒家だった。

場所は中目黒と祐天寺《ゆうてんじ》の間くらい、中目黒からは徒歩十三分で、祐天寺からは五分。チラシには中目黒の方が大きく書いてあるが、むしろ、祐天寺に近い。

しかし、何より変わっているのは、その外観だろう。一階の入り口部分がガラス張りのショールームのようになっている。部屋は白い壁に白木のフローリング、どこまでも爽やかだ。けれど、外から中が丸見えだった。

「これ、どういうこと?」

二十畳ほどの広いリビングに立って、戸惑ったような声をあげてしまった。

「前の住人の方は、奥様がフラワーコーディネーターの先生だったんですね。それで、ここが事務所とお教室になっていたんですよ」

「なるほど。確かに花屋ができそうだね」

田中は今は何も置かれていない部屋を眺めた。奥に小さなキッチンがあった。

「そういうお教室や、ちょっとしたカフェもできる造りなんです」

「でも、僕たちの用途とはどうだろう……」

田中は小さく眉をひそめた。

内海は慌てたように言葉を重ねた。

「ここをカフェ風にアレンジしたら、田中さんが言う、皆が集まる空間になりませんか」

「あ、ああ」

確かに、そうすればうってつけのスペースになるかもしれない。

急に田中にも、そのイメージが見えてきた。

きらきらと窓から射し込む日差しの中、大きなアンティークテーブルを置こう。少し大きすぎるほどのテーブル。そこに皆が集まる。各自のパソコンと飲み物を持って。

「外から丸見えだと言うなら、カーテンを工夫すればいいですし」

内海は手元の資料に目を落として読み上げた。

「三階建てで地下もあり、そちらは出入り口が別なので賃貸にもできます」

地下。そこにモモちゃんのベッドを置けばいい。いつでも好きな時に寝ることができる。

思わず、くすりとしてしまった。

それに勇気を得たように、内海は声をさらに張り上げた。

「屋上にはサンルームがあって、テーブルを置いてお茶を飲んだり、バーベキューなんかもできますよ」

私もバーベキューやってみたいなあ、彼女は小さい声でつぶやいた。それが女性不動産屋の常套《じょうとう》手段なのか、本心なのか、田中は特に詮索しなかった。たぶん、両方なのだろう。

「二〇〇〇年に完成しまして、現在築十九年、システムキッチン、床暖房完備、ウォークインクローゼットあり」

「築十九年か」

「ええ。でも、最初に建てられた方がずっと住んでいたので、一度も人の手に渡っていないんです。スレてない、というか」

「建物がスレてないってこと？」

「ええ」

ふっと目を合わせて笑った。

彼女とは前に恵比寿駅の近くでお酒を飲んだ。会社のあと内覧に出かけて遅くなってしまったのでお礼に誘ったのだ。そうしたら、ご飯よりも飲みたい、と言った。二杯の酒を飲みながら、なかなかがんばっている、元気な女性だと田中は思ったし、内海はいわゆる青年実業家である田中に興味があることを隠さなかった。

まあ、その反応も、不動産屋としての彼女の手かもしれない。

「その方はどうされたんだろう」

「その方……？」

「ここを作った方。そのフラワーコーディネーターの奥さんと旦那さん。海外にでも移られたんでしょうか」

「離婚ですね」

彼女は手元の資料をちらりと見て言った。その情報が、本来、客に漏らしていいものかどうか、田中にはわからなかった。

「なるほど」

「こんな家を作るほどの仲でも離婚するんですねえ」

その声に、わずかな媚《こび》があった。

「じゃあ、現金にするの、急いでいるのかな」

その媚を断ち切るように尋ねる。

「さあ、どうでしょう。もちろん、交渉はできますが」

媚を悟られたと感じたのか、彼女は急に真顔になって読み上げた。

「土地面積が九十六平米、約三十坪、建物面積が百八十平米……」

「ここ、いくら」

彼女の声を遮って尋ねた。

「一億八千万ですね」

田中の予算にもぴったりだった。

一ヶ月ほど前から新しい家を探している。

マンションでも一軒家でもいい。いつか、会社がなくなっても、皆で集まれる家を。

場所は目黒区、品川《しながわ》区、渋谷区のあたり、駅から徒歩五分以内に絞った。

内海に「ぐらんま」まで車で送ってもらいながら、田中はぼんやりと考えていた。

「まだネットなんかに情報を出してはないんです。お得意さまだけで……でも、いくつか内見は入っていますし、興味のある方はいるみたいですよ」

一応、彼女は業者の常套句を口にしたが、それ以上、しつこく誘ってくることはなかった。

もうそこそこ懇意だし、あまり、強く営業してもいい返事がもらえる相手ではないと悟っているのだろう。田中のような男は、決める時はすぐに決めるし、ダメな時はいくら押しても無駄だということくらいはわかっているらしい。

「ありがとう」

会社の下で降りる時礼を言うと、「まだ大丈夫だとは思いますけど、ご興味があったら早めにご連絡ください」と彼女は言った。

「ああ」

そっけなく返事してふっと振り返ったら、意外に必死な目にぶつかった。

そうだ。彼女だって営業なのだし、まだ若くて、一つでも契約を取りたいのだ。

「また、連絡するよ」

言葉をかけた。

「あそこを買うなら、絶対、私に声をかけてください」

正直、同じものを買うとしても、もっと上の男の営業に交渉した方がいいのか、と考えていたことが伝わってしまったのかもしれない。少し気がとがめた。

「わかってるよ」

笑顔を作った。

しかし、彼女の車が去ると、マンション全盛の今時、約二億の一軒家、あれだけ変わった造りのリビングではなかなか売れないのではないか、と冷静に品定めしている自分がいた。

「ぐらんま」の居間に入ると、キッチンでごとごとしている音がして、不審に思いながら中に入った。

「筧さん」

彼女は台所の下の引き出しを開いて、何か漁《あさ》っていた。

まだ朝の十時だ。午後から出勤の筧がもう来ていることに驚いた。

「ああ、田中さん」

慌てて立ち上がり、大きな銅色の鍋を落として大きな音をさせた。

「びっくりした」

「それはこっちのセリフですよ。どうしたんですか、こんな時間に」

最近心配事が多いからだろうか、不信感が拭えない。

「いや、実は、昨日、今日の出汁を用意して帰るのを忘れちゃって」

筧はすぐに落ち着きを取り戻して、大鍋を流し台の上に置いた。

「今日は出汁をたっぷり使って料理するつもりだったのに」

筧は蛇口から、鍋にざあっと水を入れながら言った。

「そんな、出汁なんて……なんでもいいのに」

「昆布は、少なくとも二時間は置きたいからね」

彼女はいつもの手提げ袋からジップロックを取り出し、数センチ角の黒い昆布を布巾《ふきん》でさっと拭いて、ぽちゃんと鍋に入れた。

「それだけ……？」

「これだけ」

筧は落ち着きはらっていた。

「さあ、お茶でも淹れようか」

「本当に、それだけのために来たんですか？」

「ああ。この昆布を水に浸けて、一度家に帰ってまた来るつもりだった」

「出汁のためにそこまでする人がいるなんて信じられない」

「ちょうどこっちに来る用事があったから」

「そうですか」

不審な気持ちが声に混ざってしまったのかもしれない。

「そんなに訊くなら、あたしも訊いていいかい？　なんで家なんて探しているの？　しかも馬鹿高い家ばかり。その金どこから出るんだい？」

思いがけないことを、彼女から尋ねられた。

「なんでわかったんですか」

「あたしは会社のゴミを捨てているんだよ？　それに、誰もいない時には電話も受けている。なんとなくわかることはあるさ」

「誰にも気づかれてなかったのに」

「ここを畳もうって言うんじゃないだろうね」

「え」

田中は思わず言葉に詰まった。

「……まだ、決めたわけではありませんから」

「本当に畳むのかい……？　かま掛《か》けただけなのに」

思った以上に、篔はショックを受けているようだった。

その様子で、田中は少し警戒の気持ちを解いた。

「すみません。まだ、皆には言わないでください」

「言わないけど……」

篔は腰が落ちるようにイスに座った。めずらしい姿だった。

「やめないで欲しいねえ」

「篔さんは本当にそう思っていますか」

「そりゃあ……」

篔は自分の指先を見た。それは大きく角張っていた。

「最近は、どこも人手不足で、家政婦もなり手がなくて、確かにクチはあるんだけどね」

「でしょうね」

「せっかく慣れてきたのに、さびしいよ」

「それは、本当に、すみません」

「じゃあ、その家に新しい会社でも作るのかい」

「いえ……ただ、ここがなくなっても、皆が集まるところが欲しいと思って。皆が仕事したり、ご飯食べたり、自然に集まれる場所を、と。そう、シェアオフィスや、シェアハウスみたいな」

筧は賛同することなく、なんだか、気の毒そうに田中の顔をじっと見ていた。

「そう、うまくいくかねえ」

「え？」

筧は言いよどんだ。

「なんか、問題ありますか」

「問題というほどじゃないけど」

「ええ」

「こういう話が出たから言うんだよ？　社長のあんただから」

「はい。わかってます。普段の筧さんが告げ口するような人じゃないのは」

「……伊丹さんは他の会社の面接を受けたりしている。今すぐには転職する気はないけど、ここがなくなるとなったら移るだろうね。そうなったら、平日は新しい会社に通勤するだろう」

「まあ、伊丹はそういうことになるかな、と思ってました。営業なら致し方ない、と。でも、休日とか遊びに来てくれればいいな」

「いや……あの人は、そろそろ結婚するかもよ」

「えー」

「気がついてなかったのかい、やっぱり」

「彼女がいるのは知ってましたけど」

「結婚すれば、休日にいつも友達とべったりってわけにはいかなくなるものだよ」

「まあ、そうですね」

「胡雪ちゃんとモモちゃんは……」

「はい」

「まあ、二人ともここをやめようとかは思ってない。だけど、この会社がなくなればどうだろう？　新しい仕事を始めて、それでも、まだ皆で一緒にと思うかどうか」

「具体的に何かあるんですか？」

「具体的に、というか」

筧は田中の方にまた、気の毒そうな視線を送った。言いにくそうに口をすぼめながら言った。

「二人ともというか、あんたも含めてだが、皆もう三十だ。いつまでも学生時代の友人と仲良しこよし、という感じじゃなくなるかもしれない」

筧の口調には、他にも何か理由がありそうで、でもまだ言えないという雰囲気が漂っていた。田中は黙った。

「田中さんは社長だし、皆のリーダーで一番しっかりしているのは間違いないけど」

「はい」

「だけど、どこか、実はまだ、子供っぽいところがあるね」

筧が微笑んでくれて、思わず、一緒に笑ってしまう。

「そうなんです。僕は子供ですよ。でも、皆、僕を買いかぶるから」

「もちろん、一番頼りになるのは田中さんなんだろうけど……ここを続ける、というわけにはいかないのかい。続けていれば誰もやめないさ」

「ええ、まあ……ただ、本当にそれが良いのかわからなくて」

「それは……あの人のことと関係ある？　柿枝さん、という人のこと？」

田中は黙った。

「あのね、あたしが言うことじゃないけど」

「ええ」

「あんた、何か、隠してんじゃないか」

「え？」

「柿枝さんのこと。何か知っていることがあるんじゃない」

「いや、それは……皆と同じです」

「そうかい。じゃあ、どう考えているんだ？　あの人が今、どこにいるのか、生きているのか死んでいるのか。生きているなら、どうして帰ってこないのか」

「……生きてると思いますよ」

「その根拠は？」

「根拠は……言えないけど」

「誰かに話した方がいい」

「え？」

「何か知っているなら、誰かに話しておいた方がいい。秘密にしているとつらくなるし、今後何かがあった時の保険にもなるからね」

　覚は立ち上がった。

「さあ、それじゃあ、あたしは一度、家に帰るね。また、午後、来ますよ」

筧はエプロンを畳んで、イスにかけ、バッグを手にした。

「筧さん」

「はい？」

「待ってください」

「何？」

「聞いてもらってもいいですか」

「は？　何を」

「柿枝のこと。もしも、誰かに話すなら……筧さんがいい」

「どうして」

筧はどこか不安そうに、田中の顔を見た。

「あたしなんかでいいのかい」

「ええ。筧さんに保険になる、と言われて、はっとしました。確かにそうだって」

筧は座りなおした。

「あの日……電話口の柿枝の声は弱り切っていました」

いろいろな言葉が思い浮かんだ中で、田中がやっと選んだのはそれだった。口にしたとたん、さまざまな気持ちがいっしょくたになって込み上げてきたが、ぐっと抑えた。

「その電話はいつ?」

「彼がいなくなって二週間くらいの時です。やっと実家や僕たちが彼の失踪に気づいた頃」

「そうなの」

「皆に言わないで処理しようと思ったんです。決して、隠そうとしたんじゃない。今ならまだ間に合う。いつもの彼の癖みたいなもんだ、って笑い話になるって」

やはり、涙がにじんできた。しばらく鼻をすすってごまかした。篁は何も言わずに、次の言葉を待っていた。

「最初の電話は十勝《とかち》にいるってことだったんです」

「十勝? 北海道の?」

「そうです。道東の。それもまた、間違いでした。酔っぱらってて、声が小さくて、よく聞き取れなかったんです。とにかく、十勝だと。十勝の牧場に勤めるんだ、と言っていました。だから、当然、帯広《おびひろ》あたりにいると思ったんです」

「確か、柿枝さんの妹が牧場にいたって」

「ええ、だから、確かにその気はあったんだな、とあとでわかりました」

「それで、その時は」

「ええ。僕はとにかく今行くからそこで待ってろ、と言って、すぐにネットで北海道行きの飛行機を取りました。帯広空港まで。羽田空港に着いてから、帯広空港のレンタカー屋に電話して車も借りました。北海道の足ならやはり車だろうと……そして……」

十二月になったばかりの頃だった。

帯広空港に着いた田中はもう一度、柿枝に電話した。すると、彼のスマートフォンに出たのは、別の人物だった。

彼は丁重な態度で電話口に出たことをわび、ホテルの者だと名乗った。柿枝は泥酔していて、とても電話に出ることはできなかった。

「それで、そちらのホテルはどこなんですか」

「洞爺湖《とうやこ》です」

彼は一時的に、Wホテルの医務室にいる、と言われた。ホテルの人が弱り切っているのが、電話の丁寧な声からもありありと伝わってきた。

Wホテルは洞爺湖温泉にある、超高級で有名なホテルだった。田中も何度かテレビや雑誌で見たことがある。柿枝が電話に出られない状態で、そんなホテルに十日以上も泊まっている、と聞いてぞっとしたが、行かないわけにいかなかった。

レンタカー屋で借りたカローラについているカーナビによると、少なくとも四時間はかかるようだった。

幸い、帯広空港から出た時に雪は降っていなかった。路面は凍っていたが、スタッドレスタイヤの四駆だったので助かった。

しかし、十勝を抜けて、南富良野《ふらの》にさしかかった頃から、激しい雪が降ってきた。完璧に雪かきをしてある高速で東北出身の田中だから、そう動揺はしなかったが、嫌な天気になった、と思った。

Wホテルは、洞爺湖温泉のほぼ真ん中に位置する、標高約六百メートルのポロモイ山の頂上に建っている。洞爺湖温泉を見下ろし、まるで、洞爺湖畔を治める王家か貴族の館のようだった。

真っ白な雪景色の中、田中は車で山を上がって、ホテルに車をつけた。

ホテルで名乗ると、すぐに中年のホテルマンたちが寄ってきて、田中を中二階にあるラウンジに連れて行った。彼らの一人は支配人だと言った。

カフェラウンジといっても、他のホテルのメインレストランと同じくらい立派で、豪華できらびやかで、でも、品がよかった。濃い茶色の色調の床と調度品をシャンデリアが照らしていた。休暇や遊びで来たんだったらどれだけよかったことか、と田中は思った。

ローシーズンの平日で、ラウンジの中に他の客はいなかった。ラウンジの入り口のところにあるブラッセリーから、夕食の準備なのか、焼きたてパンの匂いがした。

店内の一番奥のテーブルに、柿枝が頬杖をついていた。田中の顔を見ると、「おお」

と手を上げた。そして、少し恥ずかしそうに笑った。

この笑顔なのだ、と田中は思った。この笑顔を見せられてしまうから、いつも自分たちは彼を許してしまう。

テーブルの上にはシルバーのワインクーラーがあって二本のシャンパンがつっこまれていた。

「悪いな」

田中が口を開く前に柿枝が謝った。

「飲む？」

彼が持ち上げた、シャンパンの銘柄を確認もしなかった。

「行こうか。車で来ているんだ」

田中は、笑顔を見せずに言った。

「え」

「すぐに出るから」

そして、横にいるホテルマンに向かって、「お会計してもらえますか。それから、部屋の荷物をすべてまとめてロビーまで運んでください」と頼んだ。

「待てよ」

柿枝が止めた。

「おい、せっかく、北海道の片田舎まで来たんだから、このホテルのサービスを受けていけよ。一晩でもいいから泊まって行けよ。一緒にうまい飯食って、温泉入って語ろうよ」

お愛想で言っているのだと田中はわかっていた。柿枝だって、田中が怒り狂っていることくらいわかっていただろうし、これ以上、泊まる気もないのだろう。そうでなければ、田中を呼ばない。

「とにかく、お勘定を」

「かしこまりました」

支配人は慇懃《いんぎん》に頭を下げたが、内心、躍り上がりたいくらい喜んでいるのがわかった。

「じゃあ、せめて、自分で部屋くらい片づけるよ。そのくらいやるって」

柿枝が立ち上がったが、足元はふらついていた。

「今、一緒に帰らないなら、僕はこのまま帰る。二度と会わない」

田中は静かに言った。そして、支配人に向かって、「お手数ですが、彼も一緒にロビーに連れてきてもらえますか。僕はロビーで待ってますので」と言うと、踵《きびす》を返してロビーに下りた。

柿枝の目を一度も見なかった。

支配人が持ってきた伝票は、もちろん、七桁を軽く超えていた。

「予想していましたけど、さすがに頭がくらっとしました」

田中は苦笑した。

「あんたが払ったのかい」

「ええ。会社がやっと軌道に乗ってきて、少しずつできてきた貯金で払いました。ほぼ、全額です。まるであいつが僕の通帳をのぞき見したくらい、ほぼ全額でした」

そこまで言って、田中ははっとした。

「どうして気がつかなかったんだろう。本当にのぞいてたのかもしれない。ちゃんと知ってて、計算して呼んだのかもしれない。あんなべろべろに酔って、傍若無人《ぼうじゃくぶじん》に振る舞っていながら」

「なんのために？」

「……僕の……ヒットポイントというか、体力というか気力というか……そういうものを根こそぎ奪うために」

「奪ってどうするんだよ」

田中はしばらく考えた。答えはあったが口にはしなかった。

「まあ、いいじゃないか。たまたまかもしれないし」

筧は、先を促した。たぶん、それも、自分のためでなく、田中のために。

「ホテルからやっと車に乗せて、走り出しました。時間は夕方でしたが、あたりは暗くなりかけていた。北国の日暮れは早いですから。それでも、僕はどこかに泊まったり、休んだりする気はなかった。買ってあった最終のチケットが使えないのもわかっていました。だけど、なんだか、車を停めたら負けのような気がしていた。とにかく、空港に着いて車を返して、そしたら、そこで夜を明かそうと思ってたくらいでした。いや、本当に何も考えていなかった。考えず、ただ、車を走らせました」

田中は行きに通った高速でなく、一般道を使った。

「柿枝はぐでんぐでんで後ろの席で寝ているし、少しでも彼の酔いを醒《さ》まそうとも思いました。どうせその日の飛行機には乗れないわけだし。それに、せっかく、北海道に来たのに、何も見ず、何も食べずに帰る自分をなぐさめるような気持ちもあったのかも。少しは北海道気分を味わいたい、というか」

田中は森の中を走った。あたりはすぐに真っ暗になり、横殴りの雪が降っていた。

「僕が北国出身でなければ、躊躇《ちゅうちょ》するような雪でした。国道でも街灯なんてないですから、車のヘッドライトだけで進んでいきました。途中、道の駅というか、駐車場にトイレだけ付いた、休憩所のようなところがあって、そこの電光掲示板にマイナス三度という数字が出ていたのを覚えています」

占冠《しむかっぷ》の山の中を国道沿いに走った。雪はますますひどくなった。

「雪の中を走っているうちに、だんだんおかしな気分になってきたんです。雪は真っ白で、空と森は黒でした。ただただ、その中を走るんです。わずかに照らされたライトの中で。まるで、世界中で、僕と柿枝だけが取り残されたような気がしてきました。世界は破滅していて、もう、他の人は誰もいなくて、僕たちだけのような」

しかし、そんな、どこかセンチメンタルな気分を壊したのも、また、柿枝だった。

「一時間ほどすると、彼がむっくりと起きたんです。そして、僕をなじり始めました」

最初はぶつぶつと何を言っているのかわからなかった。

「いや、なじるというか、挑発する感じかもしれません」

田中はとろくて、伊丹は表づらだけがいいバカ、桃田はコンピューターができるだけ、それ以外は人として終わってる……。

「そういう言葉は初めてじゃなかったんです。これまでも何度も言われていた。だから、聞こえないふりをしていました。ただ、あれだけは耐えられなかった」

田中が相手にしないことに気づくと、柿枝は胡雪のことを言い出した。

「とてもここでは口にできません……許せなかった。あまりにも胡雪がかわいそうで」

「あの子の……女としての性的なこと？」

「まあ、そうです」

「じゃあ、話すことない。なんとなくわかるよ」

田中は目を伏せた。

忘れようとしても時々、蘇ってくる。あの日の柿枝の汚れた言葉の数々。胡雪は物欲しげなみっともない女で、いつも俺を欲しそうに眺めていた。それに気づきながら無視していて、一番、利用できそうな時に抱いた。その後、あれは俺にとって最も使いやすい武器になった。彼女の気持ちは、いかようにも動かせる。あまりにも簡単に。時にはそれを楽しむために、彼女をいたぶった。ああいう時、あの女の体はこういう反応を……。

「さすがに、僕は『やめろ』と言いました。彼女にもそうですが、ある意味同性としても、柿枝を許せなかった。そんな汚れた表現や言葉を使って人を汚すことは、何より彼自身を貶《おとし》めることだと言ったんです。でも、そう諫《いさ》めながら、どこかで、それでも彼が素面になれば、また、天使のような顔を見せ、それにまた自分は抗うことができず、彼を許してしまうだろうとも思いました。だって、だからこそ、こうして、真冬の北海道まで来ているんですから」

しかし、柿枝の言葉は終わらなかった。

「彼は嬉しそうに笑っていました。やっと僕が反応したから、喜んだんです。そして、言いました。お前がそういうことを言うのは」

田中はそこで苦しげに眉をひそめて、言葉を濁した。

「いいんだよ、だいたいのことはわかった」

筧は田中を止めた。「そんな、つらくなることを思い出さなくても、もう、だいたいわかったから」

「いいえ、これを言わないと、僕がそのあと取った行動も説明できません……彼は言ったんです。お前と胡雪が同じだからだ、と」

「え、どういうこと？」

「……わかってもらえないかもしれませんが、僕は胡雪で、胡雪は僕なんだと、そう言いました」

「胡雪ちゃんと田中さんが同じ……？」

「僕もまた、物欲しげに、かまって欲しそうに、いつも柿枝の近くをうろうろしているって。行く当てのない、迷い犬みたいに。だから、拾ってやったんだと。彼の言うなりになることがわかって」

「……それで、どうしたの？」

「やめろって言いました。『やめろー』って叫びました。車の中で、あいつはへらへらせせら笑っていた。『やめろー、黙れ』って僕はバカみたいに叫び続けた。柿枝はもう何も言ってないのに。『やめろ、やめろ』って何度も何度も」

「あんたがそんなふうに怒鳴る姿なんて、想像できないよ」

「すると、柿枝がお前がそこまで感情的になるのは自分が胡雪より上だと思っているからだ、と。結局、お前は偽善者なんだ、って」

それは違うよ、と筧はささやいたが、田中は首を振った。

「確かにそうかもしれません。意識したことはなかったけど、そこでキレたんですから」

「違うよ、彼みたいな人間はそうやって、人と人とを無意識に戦わせておかしくするんだよ。あたしも今までにそういう人を見たことがあるからわかる」

田中は小さく、ありがとう、と言った。

「それから、泣きながらなじりました。お前は結局、何もわかってない。皆がどれだけこれまでお前を心配してきたか。どれだけ大切にし、お前の事業をやってきたか。成功はもう目前なのに、どうしてそんなことしか言えないんだと。それでも、彼はずっとへらへら笑っていて、お前たちだって、俺のことをずっと利用してきたのに、お前たちの成功は全部俺のものなのに、俺がいなかったら何もできないのにって言いました。そこまで言われて、僕もやっと目が覚めたみたいになって、思わず、柿枝、お前、さびしい奴だなって言いました。もうわかったから、東京に帰ったら、会社を畳もう、全部、お前に返すから、もうすべて終わらせるって。そしたら、柿枝はやっと黙りました。その時、あれが来たんです」

「あれ？　あれと言うのは」

田中はしばらく黙った。頬杖をついて、ゆっくりと冷えた茶を飲んだ。

「信じてもらえないかもしれないけど」

「聞くのが怖い」

「大丈夫です。怖い話だけど、少なくとも表面的には怖くないから」

筧にはめずらしく、怯えた目をした。

「あんなの、自分の田舎でも見たことない……」

田中はそのまま遠くを見る目になった。

「鹿が道路に飛び出してきたんです。大きな、でも、角のない、牝《めす》の鹿でした。僕は慌ててブレーキをかけました。すると、そのあとから、少し体の小さい鹿が次々と森から出てきたんです。一列に並んで。大きな鹿を追うように。あれ、家族だったんですかねえ。つまり、暗くて白い森の中で、国道を鹿の群が突っ切ったんですよ。全部で五、六匹でしょうか。体はヘッドライトに照らされて、黒く浮かんでいました。そして、最後に、ひときわ大きな牡鹿《おじか》が出てきました。角が大きく広く伸びていて、森の主か神様みたいなんです。彼はゆっくりと歩いて僕らの前を横切り、道の脇まで来るとこちらを振り返って、じっと見ていました。まったく慌てず、騒がず、ゆうゆうとしていました。僕らを見張っているようにも、家族を守っているようにも見えた。彼はもう道の脇に寄っていたから道を通ることはできたんです。でも、どこか、圧倒されるような気持ちで、僕は身体を動かせずにいた。僕も柿枝も一言も発さずに、それを見ていました。しばらくすると、彼は森の中に入っていきました。まるで映画のワンシーンのような、美しくて荘厳な風景でした」

寛は声を出さずにうなずいた。

「彼がいなくなって、僕が車を動かそうとした時です。柿枝ががちゃり、と音を立てて車の後ろのドアを開け、鹿が行った方に走って出て行ってしまったんです。あっという間のできごとでした。おい、とも、どこ行くんだ、とも声をかける暇もなかった。森の中に入っていって、すぐに見えなくなりました」

「いなくなっちゃったのかい」

「はい。僕は一瞬遅れて車の外に出て、彼のあとを追いました。でも、とても森の中まではいけず躊躇しました。森は下草に覆われていて、そこに雪が降り積もっていました。柿枝はぴょんと飛び越えるようにして中に入っていったけど、僕にはその勇気はなかった。暗くて、深くて、どのくらいの深さがあるのか、まったくわからないんです。僕はそこに立ちすくんで、おーい、おーいと呼びかけました。もちろん、返事もないし、なんの音も聞こえない。ただ、しーんと静まりかえっているだけです。柿枝の名前も呼びましたが、むなしいだけでした。驚きから我に返ると、寒さと怖さで体ががたがた震えてきました。このままではとてもいられない、と思って、車を路肩に寄せ、そこでじっと彼を待ちました。他にどうしようもなかったからです。雪はどんどん降り積もってくるし、気温はしんしんと下がっているようでした。スマートフォンは圏外で、その間、他の車は通りませんでした。車の中にいても震えが止まらなくなって、仕方なく、ゆっくりと車を動かしました。彼を捜すような感じで、のろのろと走らせ、次の中継点というか、無人の道の駅のような、パーキングとトイレが併設されている場所まで行きました。そこでトイレに入って、また、のろのろと車を運転して、元の場所まで戻りました。でも、正直、そこが本当に彼とはぐれた場所なのか……もうよくわからなくなっていました。かなりよく風景を覚えて進んだつもりだったけど……でも、森はほとんど同じようで真っ暗で。だから、さらに、先に進んで、反対側のパーキングまで行き、そして、また、ゆっくり元のパーキングまで戻る、ということを一晩中くり返しました。そのうちに、柿枝が元の道に戻ってきてくれれば会えるはずだと信じて」

「警察には届けなかったのかい」

「あの日の、あの夜の自分の行動って、今でもよくわからないんです。外は真っ白に吹雪《ふぶ》いていて、寒くて、冷たくて、疲労と恐怖で頭がぼんやりしていました。警察って思わないでもなかったけど、あの中で、警察に来てもらっても、捜し出せると思えなかった。どう説明したらいいのかもわからなかった。何より、心のどこかで見つかるかどうかは、柿枝次第だって思っていました。つまり、彼が戻りたければこの道に出てくるし、戻りたくなければ、どんなにこちらが捜しても見つからないんじゃないかと。だって、彼は自分から出て行ったんですから。なんというか、変な話ですが、そこだけは彼の方もわかっていて、心は通じていると思っていました。帰る気なら出てこいよ、だけど、タイムリミットは朝までだ、と心の中でつぶやいていました。結局十時間以上、行ったり来たりしたんじゃないでしょうか。その間、幻かもしれないけど、森の中から、柿枝が息を凝らしてじっとこちらを見ている視線を感じました。あの牡鹿がこっちを見ていたみたいに。だから、こちこちに冷え切った体で、もう一回、もう一回と往復することができたんです。そして、朝になった時、もういいや、と思いました。柿枝と別れたあたりで車を降りて、朝焼けの中、彼の名前を叫びました。何度も何度も。最後だと思って。そして、もう、いい、ここまでやったら、もういい。もう、僕たちは、僕は、柿枝を捨てていい、って決めました。というか、柿枝が戻ることや見つかることを望んでいないって思いました。それに、捜すにしても、消えるにしても、いずれにしろ、彼は自分たちを苦しめるためにやってるだけだっていうこともわかっていました。もうこりごりだとも思った。本当に、もう、付き合いきれない。そう、自分に言い聞かせていたのかもしれません」

「わかるよ」

筧はうなずいた。それを見て、田中は少しだけほっとした。誰かに話すことで、初めて許された気がした。

「僕は帯広空港に帰り、車を返却して飛行機に乗りました。少なくとも、その日はぜんぜん、罪悪感も後悔もなかった。自分ができるところまではやったし、これ以上できることもないし、何より、彼は自分から出て行ったのだから」

「まあ、そうだよね」

「でも、東京に戻って数日すると、じわじわと恐怖感と、罪悪感が襲ってきました。どうして、自分はあそこで戻ってきてしまったのだろう。電話がつながらなかったとはいえ、警察に届けなくてよかったのか。朝になって明るくなってからもっと捜せばよかった、だとか」

筧が立ち上がって、コンロにやかんをかけた。その時気づいた。体があの日と同じようにこちこちに硬く、冷たくなっていることに。

「疲れていたのも確かです。もう、彼のことはうんざりだった。あの頃の彼は、いつも、酔っぱらって、グチっぽくて、嫌みで、被害妄想の固まりで、嫌らしくて、人間のクズだった。昔は違っていた。本当にすばらしい男でした。だけど、僕はほとほと疲れてしまったんです。会社も忙しくなって、だんだん、彼のことを頭の隅に追いやって少し忘れてさえいました。最低ですね」

「忘れたかったんだろう」

「まあ、そうです。でも、あの妹が来て、彼が生きていると言っていたでしょう」

「あの子が言っていた時期は、あなたと会ったあとなの？」

「はい、それは間違いありません。彼は生き抜いたんだとわかりました。近くの農家だか、酪農家だかで働いていたんですね。ほっとしたのは事実です。もしかしたら、あの牡鹿はやっぱり神だったのかもしれません。柿枝は神と一瞬出会ったことで改心して、僕から離れてくれたということなのかと。一方で、もしかしたら、いつか、彼がここに来て、僕がやったことをすべて会社の皆にばらすかもしれない、とも恐れています。きっと皆、怒るだろうし、彼の言い分をそのまま受け入れるでしょうね。そうなったら、僕はおしまいだ。きっと皆は二度と僕と口を利いてくれなくなるでしょう」

「そんなことないよ、あんたの言い分を説明すれば」

田中は静かに首を振った。絶望的な気分だった。

「ありえません。彼はそういうの、とてもうまいんです。僕が言うことなんて、誰も信じない」

「それで、会社を畳むの？」

「わかりません。皆に相談してみないと……でも、もしそうなったら、会社を売ってお金にして配るか……僕は別に使いたいこともないし、やりたいこともないから、家を買おうかと思って。そしたら、もしかしたら、誰かは来てくれるかもしれない」

「やっぱり、あんたは皆が好きなんだね」

田中は筧が淹れてくれた紅茶を飲んだ。それにはレモンと蜂蜜が入っていて、甘く熱かった。

「さあ、僕は全部、話しました。次は筧さんの番ですよ。筧さんの秘密を話してください」

「どういうこと？」

「あなたにも秘密がありますよね」

筧はぎょっとして、田中をにらんだ。

「ないよ」

「あるはずです」

「そんなもの、あるわけない」

筧の声が震えた。

「じゃあ、僕から話しましょう」

「もう話したじゃないか」

「僕の話じゃありません。あなたの話です」

「ええ？」

「すみません。筧さんのこと、少し調べさせてもらったんです」

「どういうこと？」

彼女は田中をにらんだ。

「本当にごめんなさい。ただ、最近、ちょっとあなたのことが話題になったから……」

田中は、筧と若い男が一緒に歩いているところを伊丹が見た、という話をした。

「それで、ちょっと知り合いの探偵に調べさせました」

「仲間内で話題になったから、すぐに興信所に調べさせるなんて、あんたたちはどれだけもの好きなんだか。ただじゃあるまいに」

「だから、すまないって言ってるじゃないですか」

筧は宙をにらんで応えなかった。

「まあ、わかっていることだけ、話します」

田中は言った。「まず、一緒に歩いていた男とは同居していますね」

「……あんたたちが考えているようなことじゃないよ」

筧は思わず、という感じで反論した。言ってしまったあとで、ちっと舌打ちする。

「まあいいでしょう。彼はほとんどどこにも行かず、筧さんのアパートから出てこない、でも、完全に姿を隠しているというわけでもなく、買い物に行ったり、二人で出かけたりすることもある。ただ、勤めたりはしていない」

「怖いね、見張られてたなんて」

「毎週、必ず、二人で埼玉方面に出かけている、という調査もありました。何かを探しているようだ、と」

筧は答えなかった。

「だから、引きこもりというのとは違う。そして、どうも、少し前に大阪のホテルの清掃を二人でされていて、そろってやめて、こちらに来られたらしい」

「よく、そんなこと、わかったね」

「筧さんが家政婦の協会に提出した履歴書に前職のことが書かれていましたから。問い合わせて、すぐにわかったんです。ホテルには、筧さんが新しく勤める先の人事課を探偵が装いました」

「ふうん」

「そういうことはプロの男ですから。ホテルのオーナーがよく鳴いてくれた、と言ってました」

「そうかい」

筧はすっかり気を許したのか、ふてくされたのか、テーブルに肘をついた。

「あれは、ちょっと気に入るとぺらぺら話すやつだから」

「彼は庄田翔太、現在三十八歳、ホテルに提出した履歴書もファックスで送ってもらえました。彼のこれまで働いたところにも連絡してみましたが、実際、勤めたところもあるし、嘘のところもあったようです」

「あたしが知らないことまで、知ってる」

彼女はさびしげに笑った。

「ただ、まったくわからないのは、就職する前。十八歳で彼が最初の勤め先の、新聞販売所に入る以前がよくわからないそうです。履歴書に書いてあった、どこの学校にも在籍した形跡はない」

もう、彼女は答えなかった。ただ、テーブルの傷を爪の先でさわって、コリコリと音をさせている。

「わからないことはもう一つ。あなたたちの関係です。探偵は、彼はあなたの姉弟《きょうだい》や親子、夫、恋人ではないだろう、と言っていました。手練《てだ》れの彼でもその関係が読めない、と。それから、役所には、あなたの住民票はあるが、彼のものはなかった」

田中はなんのメモも読まず、よどみなく話した。一度読んだものは、だいたい記憶することができる。特にこんな印象に残る話なら。

「探偵の彼は元警察官なんですよ」

寛はやっと顔を上げた。

「庄田さんについて、彼が思いつく限りの、さまざまな可能性を話してくれました」

「坊ちゃんたちはいいねえ」

筧がやっとぼそりとつぶやいた。

「時間つぶしに、大金使って、人のことを隅々までひっくり返してさ」

あんたたちがおもしろ半分にやったことで、あたしたちはもうここを出て行かなければならないかもしれないのに、小さな小さな声でつぶやいた。

「すみません。でも、それだけじゃない」

筧がにらむ。

「筧さんはもう一人、会っている男がいますよね」

筧が強い目でじっとこちらを見ている。田中の心の中を見透かそうとする目だった。

ただ、さっきのような険しさはない。

田中は畳みかけた。

「よかったらすべて話してくれませんか」

信じていいのだろうか、どうだろうか……田中のことを必死で見定めようとしている。

田中はそれに応えるつもりで、小さくうなずいた。

「……あの子に、ショーダショータに訊いていい？　話していいかどうか」

筧の声がかすれていた。

「ええ、もちろん」

筧はスマートフォンを持って立ち上がった。別室に行って、ひそひそと話している。

意外と早く戻ってきた。

「あたしが信用できる人間ならいいってさ」

そして、筧は話した。

長い、長い、話を。


「さあ、ご飯を作ろうか、あんたもお腹が空いただろう」

田中が顔を上げると、時計は十二時過ぎを指していた。

「そろそろ、皆も出社するだろうし。今日はもう作っておこう」

「……そうですね。昆布は大丈夫ですか」

「二時間は吸水させたから、大丈夫」

筧は大鍋を火にかけ、沸騰する直前に昆布を取り出し、かつお節をその大きな手でわしづかみにして投入した。

田中は一緒にキッチンに立って、その手並みを見ていた。

「今日は、急いで冷まさないとね」

筧は出汁をボウルに入れて、氷で冷やした。

出汁を冷ましている間、白米を研ぎ、人参、ごぼう、油揚げを細かく刻む。

「卵割ってくれるかい？　五個」

「はい」

田中は冷蔵庫から卵を出して、ボウルに丁寧に割り入れた。

「卵はそう、角に当てないで、平らなところにぶつけるの。角に当てると殻が中に入ることがあるから」

「それがこつなんですね」

「こつと言うほどじゃないけどね」

出し汁《じる》があらかた冷めると、土鍋に白米を入れたところに注ぎ、野菜と油揚げを載せた。

「四カップのお米に塩は小さじ一、薄口醤油も小さじ一、砂糖小さじ半分」

「はあ」

「卵の方には、出汁一カップ弱、塩小さじ三分の一、薄口醤油一滴」

「なるほど」

「あれ、張り合いがないねえ」

筧はあきれたように田中を見て、両手を腰に当てる。

「つまらない。料理をする子なら、『えー、卵に出汁一カップも入れるんですか、それなのに、醬油も塩もたったそれだけ？　それでまとまりますか』とか言ってくれるところなのに」

「そうなんですか。普段しないから。でも、胡雪に見せたってそんな答えは出てこない」

「違いない。出汁には小さじ一くらい片栗粉を入れると少しまとまりやすくなるんだよ」

　筧は口を動かしながら片栗粉を振り入れた。

「これだけ出汁を入れないと、京都のだし巻き卵にならない。濃い出汁を取っているから、塩が少なくても大丈夫。かやくご飯もね」

「だから、筧さんのだし巻きは、口に入れると汁がじゅわーっと出てくるんですね」

「嬉しいことを言ってくれるね」

　その薄い卵汁を、筧は銅の卵焼き器でくるくると器用に焼いた。

「これだけはあたしの自慢料理。お祖母ちゃんに教えてもらった。どこに行っても、負けないよ」

「他もおいしいですよ」

「一度、このだし巻きを店で出さないか、って言われたことがあるよ」

めずらしく、筧が自慢げに言った。

かやくご飯を炊く土鍋から湯気が上がるようになると、筧は時々鼻を近づけてそれを嗅いだ。

「土鍋っていいですよね、時々、おこげができたりして」

「おこげなんて、できないよ」

「え？」

「おこげが食べたいっていうリクエストがあった時、わざと作るだけ。もう、鍋で三十年近くご飯を炊いているんだ。そう簡単に焦がさない。おこげだなんだ、って言ってるのは、ありゃ炊き方がずさんなのさ」

かやくご飯が炊き上がると、筧はそれをさっと混ぜて布巾をかけて蒸らし、残った出汁でお吸い物を作った。

「あれえ、今日は筧さん、もう来てるの？」

桃田がキッチンをのぞいて言った。

「ああ」

筧は言葉少なに返事した。

「いろいろあって、早く来てもらったんだよ」

田中が答える。

「お昼食べてきた?」

「いや、朝も食べ損ねて、っていうか、いつもほとんど食べないんだけどさ。買ってきちゃった」

桃田がコンビニの袋を持ち上げて見せた。

「じゃあ、こっちで寛さんの料理を食べないか。弁当は冷蔵庫に入れて夜食べれば」

「うん」

桃田は素直にうなずいた。

「胡雪と伊丹が来たら、ちょっと話したいことがある」

寛はテーブルに四枚のランチョンマットを敷いて、皆の配膳をした。かやくご飯とだし巻き、お吸い物の他に、青菜と油揚げの煮浸しと大根とこんにゃくの白和えがついた。

伊丹と胡雪が出社すると、田中は二人に声をかけ、手を洗って食卓を囲んだ。

「寛さんも一緒に食べましょうよ」

キッチンの片づけをしている彼女にも声をかける。

「いいや、あたしは」

そう言い掛けて、たまにはいいか、とつぶやき、小ぶりの皿に、ご飯、玉子焼き、おかずを小さく盛り付け、マグカップにお吸い物を入れて、テーブルのお誕生日席にちんまりと座った。

「全員で集まるのって」と胡雪が席につきながら言った。

「久しぶりだね」そのあとを伊丹が引き取る。

「いや、筧さんまで一緒なのは初めて」

桃田が言い直した。

「田中からなんか話があるんでしょ」

それらの言葉をまとめるように、田中は声をかけた。

「何はともあれ、食事にしよう」

田中が筧に目配せする。

「じゃあ、まずはこれ食べて」

筧がぶっきらぼうに言った。

「いただきます」

それぞれに箸を取った。一瞬の静寂が訪れる。

「この、かやくご飯、おいしい。本当にしみじみおいしい」

ため息をつきながら、胡雪が体の中から言葉がにじみ出るようにつぶやく。

「これまで作ってくれた、味付けご飯や混ぜご飯も皆、おいしかったけど、でも、これ、ちょっと一段、味が違う気がする」

田中も少しお吸い物を飲んでから、かやくご飯を口にした。

米にほとんど色がついていない。白米のようなご飯に刻んだ具が混ざっているだけだ。それなのに味が濃い。口に含むと出汁の香りが鼻に抜ける。すっと抜けるのではなく、がっつりと色濃く抜けていく。

田中は料理をほとんどしないけれど、筧の手元を見ていて、確かに、たったあれだけの調味料でこれだけの味が出るのかと驚く。

噛みしめるほどに、その味は米の甘みと相まって、さらに濃くなった。

米や出汁はなぜこんなにも人の心を動かすのだろう。ゆっくりと心と体が温まっていく。あの日以来、冷え切ってしまった田中の身体を元に戻してくれるようだ。

「うまいー」

思わず、ため息のような声が出てしまう。

筧は不自然なくらい、無表情で食べている。皆の賞賛に聞こえないふりをしているのが、誇らしく思っていることのあかしなのかもしれない。

だし巻きも白和えも、皆、口々に褒めた。

「本当に、いつもおいしいけど、今日のご飯はまた格別。どれも、薄味の和食なのに飽きが来ない。単調という気がしない。筧さん、こういう料理も作れるんだね。京都の薄味って、こういうことだったんだ。初めてわかったかもしれない」

桃田が感に堪えないように叫ぶ。

「ありがとう」

これには筧も低く礼を言った。

「接待で、いろんな料理を食べてきたけど、一流の会席にもひけを取らない味だと思う。すごくシンプルだけど、複雑で優しい」

田中が言うと、やっぱり、接待でたくさんの店に行ってきた伊丹が深くうなずいた。

「筧さん、京都にルーツがあるの？　京都出身じゃなかったよね」

田中は筧と目を合わせた。小さくうなずく。

さあ、筧さん、自分の話したいところから話して、と言うように。

＊

子供の頃、あたしは関東近郊の街に住んでいた。

なんというか、特徴のない街だよ。丘があって、道があって、家があって、学校があって、駅があって、商店街がある。そこそこじゃれた家やそこそこきれいな町並み、そういうのがずうっと続いている。隣も同じような街でね、それが東京のあたりまで続いていると思っていた。自分の人生も同じようだと考えていた。今日の次は明日が、明日の次は明後日が自然に続いていく。あたしは退屈さえしていた。

逆に東京方面じゃない、反対側はどうなっていたんだろう。もちろん、うちの街の隣は同じような街だけど、どんどん東京の反対に歩いていったら、どこかでそれはとぎれたんだろうか。

そんなことも知らない子供だった。あたしは。

父親は普通の会社に勤めていて、母親は専業主婦。母はあたしが中学校に行く頃には駅を数個乗り継いだ、ターミナル駅の駅ビルの中の宝石店でパートしていたね。髪なんかいつも整えて、お化粧も濃くて、ちょっときれいな女《ひと》だった。自分でも容姿自慢でね。あたしは長女で、三つ下に弟と妹が一人ずつ。二人は双子でね。あまり似ていなかったけど、いつも同じ莢《さや》のエンドウ豆みたいに一緒に行動していたよ。今はいったい、どうしているのか。

ああ。料理は祖母が教えてくれたんだよ。父方の祖母が京都の人でね。一時期だけ同居したことがあった。あれは、たぶん、父の兄さんの家を建て直すことになって、仮の住まいが手狭で一時だけこっちに来ていたんだよ。ほんの三ヶ月くらい。

お祖母ちゃんはどうってことない人だけど、普通の丁寧な料理をする人だった。うちの母が適当に出来合いのものを買って食事を済ましているのを見て、台所に立つようになったんだ。そして、あたしにだけ、そっと料理を教えてくれた。母はあまり家事にも料理にも関心がない人でよかったよ。だから、台所で喧嘩することもなかったみたい。
祖母が教えてくれたのは、かつお節や昆布なんかできっちり出汁を引くこと、それを使って作る料理の何品かだけだった。

だけど、それがあたしの料理の基礎となった。たったそれだけでも、しっかり習えばあとは応用でなんとかなる。本当にあのお祖母ちゃんには感謝している。じゃなかったら、きっと、あたしが十五で家を出たあと、誰も家事を教えてくれなかっただろうからね。

ええ、そうなんだ。あたしは十五で家を出ることになった。それからほとんど一度も帰ってないし、顔を合わせることもなかった。

ものすごく簡単に言うと、十四の時妊娠した。

相手は、同じ学年の男の子。でも、テレビドラマや映画になるようなロマンチックな話でもない。お互い地味な人間同士でね、なんであんなことになったのか。そう好きでもなかったのに。最初の始まりがどうだったかもほとんど覚えていないんだよ。

学校でも、ずいぶん、笑われたみたい。特にあたしが。あんなぶさいくな人たちでも恋愛するんだねって。若い人は容姿が悪い人間に辛辣《しんらつ》だから。あたしはそれからほとんど学校に行ってないからよく知らないけど。

だけど、男の方は最初の衝撃が終わったあとは、モテるようになったらしい。ほら、あの頃って、女の子は少しでも大人の男に憧れるからね。彼は妊娠させる力を持った男になったわけだ。あたしは学校に行けなくなったのに、相手は何事もなかったみたいに学年一番のモテ男になったんだから、不公平だよね。

でも、もう、誰かを責めるのはやめようと思っている、自分を含めて。同情するのもね。もう五十過ぎなんだから。

ただ、実を言うと、つらかったのはそのこと自体よりも妊娠してから、親や学校から受けた仕打ちなんだよ。その方がずっとつらかった。

毎日、父は怒り狂っていて、母はおろおろしていた。

父は厳しい人だとは思っていたけど、あんなに怒る……いや、怒るというか、なんだろうね？　あたしを自分の世界から排除しようとした。汚いものとして。

まず、問題が発覚してから、同じ家にいてもあたしを無視した。ご飯は家族とは別で食べることになった。母も、パートに出ているからあたしがグレたみたいに父が母を責めて、パートをやめさせられたから、怒ってたんだろうね、ものすごく冷たかった。

ほとんど、おにぎり二個と味噌汁だけ、というような食事が続いた。

あれからだね、おにぎり、いつも一人三つずつ作ってしまう。二つのおにぎりが皿に載っているのを見るのが嫌なんだよ。何か、胸に酸っぱいものがこみ上げてくる。

それを自分の部屋で食べさせられた。

堕ろしたあともそんなことが続いてあたしが痩せ細り、ほとんど外にも出られなくなった時、さすがにこれはおかしいと学校が気づいて、児童相談所に相談が行った。親とあたしと学校の先生がいろいろ面談されて、あたしは施設に入ることになった。

まあ、一種の保護というか、隔離だよね。

普通は、親がそういうの嫌がったり、反対したりすると思うんだけど、親はあたしの顔も見たくなかったからものすごく喜んでいた。

それが十五歳。施設は中学を卒業と同時に出なくてはならなくなって、でも、親は実家に帰って欲しくないと言うし、高校に行く金も出さないしで、あたしは一人で生きていくことになった。

今、両親と同じくらいの歳になって思うのは、親はあたしが嫌いとか、汚いとかいうんじゃなくて、どうしたらいいのかわからなかったのかもしれない。父は同じ家に、セックスをしたことのある人間がいる、というのが耐えられなかったんじゃないだろうか。

元の中学が就職先を見つけてくれたよ。当時だって中卒で働く子は少なかったけど、今よりもいたんだよ。それに、バブルが始まる少し前で、景気もそう悪くなかった。あたしは最初、住み込みの寮のある、結構いい会社の子会社の工場に就職できた。そこでいろんなことを習ったよ。礼儀作法とか、働き方とか、ああいうとこで社会人を始められたのは、ありがたいことだった。

それからは一人で生きてきたよ。一度だけ、結婚したこともある。子供はできなかった。あたしは仕事を懸命にすることはできるんだが、どうしても、他の誰かのために一生懸命になるってことができない質《たち》なんだろうね。なんとなく、抜けたような結婚生活で、相手から離婚したい、と言われた。

あんたたちが噂している男は、庄田翔太といって三十八歳だ。本人が言う通りならね。あたしが妊娠した子供を産んでたら、その歳になっているんだよ。

理由と言うなら、ただ、それだけだ。

あの子になら、一生懸命になれるかと思って。あたし以上に孤独だったあの子のためなら。

＊

筧の話がすべて終わったところで、胡雪が口を開こうとしていた。

「じゃあ、筧さんが一緒に暮らしている男の人って……」

「ちょっと、胡雪、待ってくれ」

田中は軽く止めた。

「続けざまで悪いんだけど、僕の話を聞いてくれないか」

「え」

「田中君の話……？　なんかあるの？　筧さんと関係していること？」

「直接の関係はない。だけど、なんか、無関係とは思えないんだ。何か、すべてがつながっているような気がする」

「何が……？」

「……柿枝のことだ。全部話しておきたい。僕が知っていることを全部」

「どういうこと？」

胡雪の声が揺れている。すでに、何か不吉なものを嗅ぎ取っているように。涙がその声に含まれている。胡雪は泣くんだろうか。きっと泣くだろうな。

友達を泣かせてしまうことを申し訳なく思いながら、田中は口を開いた。

あの、冬の日のことを。

筧に話した通り、洞爺湖のホテルに呼び出されたところから、彼を見失ったところまで。ただ、彼が胡雪をののしった言葉だけは言えなかった。

「どうしてっ」

胡雪が立ち上がって、田中に詰め寄った。

「どうして、警察を呼ばなかったのっ。どうして、捜し出して、連れて帰ってきてくれなかったの。どうして」

胡雪はやっぱり泣いていた。

「申し訳ない。ただただ、申し訳ないとしか言いようがない。ただ、あの時はああするしかなかったし、他に思いつかなかった」

「そんな、一番冷静な田中君が」

胡雪が泣き崩れて、田中の足元にしゃがんだ。

「僕はそんなに冷静な人間じゃないよ」

「今さら、そんなこと！」

「……もしも、あの時の気持ちを言い訳するなら、もう疲れてたんだ。もう、柿枝のことにはこれ以上、責任がとれないと思った。家族でもないし、恋人でもない。僕には限界だった。それを責められるなら、警察にでも突き出して欲しい」

「ひどい。そんなこと、私にできないとわかっていて」

「胡雪、やめろよ」

驚いたことに、最初に声をかけたのは桃田だった。

「そうだよ、胡雪、おれにもこれ以上、田中を責められないよ」

伊丹も続いた。「俺も、田中と同じ立場だったら、同じことをしてしまうかもしれない」

「それに、柿枝はそのあと生きていたんだろ」

田中はうなずく。

「柿枝の妹の言葉が確かなら、彼はあのあと村の牧場に姿を現したんだ。だから、生き延びたはずだ」

「じゃあ」

「今も、生きていてどこかにいるんだろう」

「どこにいるんだ」

「なんで、連絡してこないのっ」

胡雪が小さく叫ぶ。

「どこにいるかっていうことよりも」

筧が、柿枝のことを話しだしてから初めて口を開いた。

「ここに来ないってことが事実じゃないの」

「え？」

皆が筧の顔を見た。

「僕もそう思うんだ」

田中も言葉を重ねた。

「彼はここに来ない。あれから姿を現さない。そういうことなんだよ」

「どういうことだと思っているの」

桃田が尋ねた。

「少なくとも今は、顔を出したくないってことだ」

「そうかしら、誰かが捜してくれるのを待っているのかも」

胡雪がつぶやく。

「だから、そういうのがもううんざりなんだ」

田中は自分の厳しい口調が皆をひどく驚かせたのを感じた。

「僕がこう言うのは、あの時の自分を正当化したいんじゃないかって思っているのかもしれない。そう思うなら、思ってくれていい。だけど、もう僕は嫌なんだ。柿枝に支配されているのは」

「支配って」

「なんか、もうわかった気がする。柿枝がここを作ったのも、ここに来ないのも、結局、僕たちを支配するためなんだ。僕たちが罪悪感を持って、彼を心配し、はらはらしながら彼を捜しているという状況が楽しいんだよ。そういう風にしか僕らとつながれないんだ」

胡雪、伊丹、桃田……筧以外は下を向いてしまった。田中は筧と目を合わせる。

「もしかしたら、もう死んでいるのかもしれない。だけど、それだって、僕らを支配するためなんだ。もう、いい加減終わらせたいし、自分の人生を歩んでいいと思うんだ」

「だけど、じゃあ、それは具体的にどうするってことなの？」

「この会社を売ろうと思う」

「え」と胡雪が叫び、「それ、もう決めてしまったのか」と、桃田が尋ねた。

「ずっと迷っていた。たくさん、オファーをいただいてたけど、なかなか思い切れなかった。でも、もういいんじゃないか。僕らは十分、がんばってきた。売ったお金を皆で平等に分けて、これからは好きなように生きよう」

「でも、ここはあの人のアイデアで」

「だけど、ここまでやってきたのは僕らだよ。どれだけ苦労してきた？　最初の立ち上げの時、契約が取れなかった時……精一杯やってきたよ、もういいじゃないか。自分たちを過大評価するのもいけないけど、過小評価しすぎるのも悪いことだと思う。僕らは大した才能はないかもしれないが、それでもがんばってやってきたよ」

そう言い切ろうとして、ほんの少し、自信が揺らぎそうになる。

そんな田中を見透かしたのか筧がふっと笑い、いつもの低い声で言った。

「あんたたち、がんばっていたよ。ここで働いてりゃあたしにもわかるさ」

胡雪も、伊丹も、桃田も、その言葉を否定しなかった。

「じゃあ、柿枝君のことは抜かして、会社を売って分けるの？」

「その辺は弁護士さんに相談しよう。ご家族に渡してもいいし」

胡雪、伊丹、桃田の三人は顔を見合わせた。

「どう思う？」

「私は……会社売却については、前にちらっと田中君から聞いてはいたけど、本当のこととして考えていなかったから……急なことで気持ちの整理がつかない」

「俺は、まあ、それでもいいと思う」

伊丹は筧の方をちらっと見て、言った。

「他の会社からのオファーもあるし」

「そうなの？　あ」

胡雪が今気がついたように、声をあげた。

「会社がなくなったら、もう、こうやって皆と会うこともないの？」

「それは僕も考えている」

田中が言った。

「実を言うと、もしもここがなくなっても皆で集まれるように家を買おうと思っているんだ。売却益の自分の分で。そこに来てくれればいい。シェアオフィスみたいにして、いつでも誰でも来れるように」

「そうか……」

「モモちゃんはどうするの？」

桃田に視線が集まった。

「僕は……僕も前に田中に聞いて」

桃田はごくっと唾《つば》を飲み込んだ。大きな喉仏が上下した。

「最初はとんでもない、って思ったけど、いろいろ考えるうちに、それもありかなって。何より、もう何年も働きすぎた。ちょっと疲れたんだ。売却しても、たぶん、このシステムを移行するにあたって、しばらくはその会社に勤めなきゃいけないよね、僕は。だけど、それが終わったら……世界を旅したい。ありきたりだけど。海外の山に登ってみるのもいいよね」

田中はうなずいた。

「まだ、すぐ決めるってわけじゃないよ。だけど、考えて欲しい。それから」

田中は視線を筧に移した。

「僕から一つ、提案がある。売却益から、筧さんの同居者の庄田さんの戸籍を作る……作るでいいのかな。とにかく、そういう手続きをすることの助けをしたい。弁護士費用とか、調査費用とか、かなりのお金が必要になってくると思う。それでも、金に糸目をつけず、やれることはやってあげたいんだ」

筧が驚いて顔を上げた。

「何を言っているんだい」

「皆が反対なら、僕一人の分から出してもいい。実は、売却に大きく背を押してくれたのは、庄田さんのことなんだ。僕らがここまで来れたのは、もちろん、自分の努力の成果だとは思うけど、それが成し得る、努力することができる環境があったからだ。それがゼロからのスタートをせざるを得なかった人に少しでも返したい」

田中がぐるっと見回した。

「今の状態でももちろん、支援はできるけど、そこまで大きく金はかけられない。だけど、売却すればそれが可能になる。偽善かもしれないけど、それでもいいと思う。だって、今の僕らにはなんの痛みもなく、それができるんだから」

「もちろん、僕らも出しますよ。ぜひ、やらせて欲しい」

桃田が言って、胡雪たちも賛同した。

「どうして、そんなことしてくれるの。まだ、たいしてよくも知らない、人間同士なのに」

筧が声を震わせた。

「なんでしょうね、よくわからない」

田中は思う。それはもしかしたら、ただの罪悪感なのかもしれない、と。柿枝のアイデアをもらって、柿枝を捨てた、その罪悪感から逃れるために、自分たちは偽善をしようとしているのかもしれない。

でも、それでも、いい。

少なくとも、孤独な青年。会ったこともない、一人の人間を、僕らの罪悪感の言い訳が救うのもまた、人生だし、社会だし、巡り合わせみたいなものじゃないだろうか。

「……ありがとう。あの子に話してみるよ」

筧が言って、部屋を出た。

その後ろ姿を見た時に、田中は思い出した。

雪降る中、車を駆け出していった柿枝の姿を。自分たちに「俺がいなかったら何もできないのに」と叫んでいた彼の姿を。

あれは呪詛《じゅそ》だ。自分たちをしばる呪いの言葉だった。

あの答えをまだ彼にしていない。

いや、本当は、彼はその答えを……まともな田中の答えを聞きたくなくて走り出していったのかもしれない。

「私たち、いいのかしら。本当に、そんな」

胡雪がどこか戸惑った声をあげた。

「そんなに自由になっていいのかしら」

その問いに田中は答える。胡雪だけでなく、あの時の彼に向けて。

「なっていい、なれるよ」

「自由」という響きが、じんわりと四人の間に染み渡った。

エピローグ

筧みのりは目黒駅近くのファミリーレストランの一番奥の四人掛けの席に一人で座っていた。

後ろは大きな窓があって、明るい光が射し込んでいた。みのりは時々、外の風景を目を細めて見た。

なんていい天気なんだろう。

「お待たせしました」

そこに一人の男がやってきて、みのりの前に座った。

黙ったまま、彼の顔をちらりと見た。

「急に呼び出されたから、驚きましたよ」

彼はにやにやと笑った。

「そう」

こういう笑い方をする時は機嫌がいい証拠だ。少しは話しやすいかもしれない。

「話ってなんですか」

みのりは肩で息をして、じっと彼を見た。

「なんですか。筧さんから呼び出されるなんて初めてじゃないですか。なんだか、ずいぶん緊張しているようですね」

「別に。たいしたことじゃないよ」

自分で思っていた以上にかすれた声になってしまった。

「だから、なんですか」

「もう、これからはあんたに会わない、ってことを言いにきた」

「会わない……？」

彼の表情がさらにゆるむ。子供が何か新しいおもちゃをもらったようだ。それを見ただけで、みのりはみぞおちのあたりがきゅっと縮むような気がした。

「何を言っているんですか？　意味がわからないな」

「わかるはずだよ。簡単なことだ。もう会わない」

みのりはみぞおちに手を当てて、胃袋のあたりをぎゅっとつかんだ。

「あんたの言いなりにスパイはしない、ってことだよ。あの会社の」

男の顔に徐々《じょじょ》に微笑みが戻ってきた。

「スパイだなんて人聞きが悪い。僕はあの会社の役員なんだ。あそこのことが心配なだけですよ。もしも、何かがあったらすぐ助けられるように」

「もう、誰もあんたの助けなんていらないんだよ」

彼が真顔になる。

この人のこんな顔を見るのは初めてかもしれない、とみのりは気づく。いつも、余裕綽々《しゃくしゃく》の様子をしていたから。

「何を言っているんだか。だけど、あなたは断れないはずだ。断ったら……」

彼はみのりの顔をのぞき込んだ。目をそらしそうになるのをぐっとこらえた。

最初は、まるで気がつかなかった。

彼がみのりの前に現れたのは、あの会社……「ぐらんま」に行くようになって一週間ほどしてからのことだった。

家政婦協会の新しい事務員として入ってきた。「田中大介《だいすけ》」という名前で。

大《だい》ちゃんはすぐに協会に馴染んだ。もともと、若い男のいない場所だった。運営のほとんどは中年以上の気のいい「オバサン」ばかりで、協会長だけが男だった。そこに、仕事ができて人当たりがよく、ちょっと顔もいい「大ちゃん」が入ってきたのだ。すぐに、他の事務員たちや、所属している家政婦たちのアイドルとなった。慢性的に人手不足だった協会に、こんないい人が入ってくれたなんて信じられない、と皆、口々に言った。

大ちゃんはみのりにも如才なく声をかけてきた。日々の仕事を心配するふりをして「ぐらんま」の内部事情をあれこれと聞いてきたのだ。

あれ、何かがおかしいと気づいた時にはすっかり気を許し、社内のことをあらかたしゃべってしまっていた。

どこか警戒して、彼の質問に用心するようになった頃、みのりは柿枝の妹から見せられた写真を見て、やっと気づいた。

「大ちゃん」は柿枝だ、柿枝駿だと……。

「じゃあ、あのことを通報してもいいんですか。あなたが家に、身元も、国籍もわからない得体の知れない男を匿《かくま》っていることを。もしかしたら入国管理局とかに捕まるかもしれませんね」

みのりが彼の正体に気づいて、「ぐらんま」のことを話さなくなった時、彼は先回りして、庄田翔太の秘密もあばいていた。これもまた驚くべき方法だった。あの、いつも人を用心して寄せ付けない翔太が唯一訪れる場所……近所のチェーン系コーヒー店で近づいて、彼本人から「無戸籍」のことを聞き出したのだ。そして、みのりを脅してきた。以前と変わらず、「ぐらんま」のことを教えなければ、それを使って、ここにいられないようにしてやると。

「もう、いいんだよ。翔太のことは弁護士の先生にお願いした。裁判所に申し立てをしたんだ。しっかりしたプロの探偵さんにもお願いして、彼の本当の身元や親戚を捜してもらってる。それから、最近は遺伝子を調べて自分の親族を捜すこともできるらしい」

「ふーん」

柿枝はつまらなそうにうなる。けれど、しばらくみのりの顔を見ていたあと、また、にやにやと笑い出した。

「へえ、よかったじゃないですか。だけど、その金、誰が出したんですか。あんたたちにできるわけない」

みのりの目をじいっとのぞき込んだ。

「そうか、田中か。あいつがお金を出したり、探偵を紹介したりしたんでしょう。あんたも結構、悪《わる》なんだな。うまくやったじゃないですか。あんな世間知らずの子供たちを丸め込むなんて、海千山千のあんたたちには赤子の手をひねるようなものでしょう」

「だったら、なんだっていうんだ」

「じゃあ、これまでのこと、皆に話しましょうか。あなたが僕のスパイをして、『ぐらんま』のことを洗いざらい漏らしていたこと……」

みのりは息を吞んだ。

「それだけは知られたくないんじゃないですか。これまで通りにしてくれなかったら、皆にばらしますよ」

しかし、みのりはさらに息を呑んだ。それはこれから話すことの助走に過ぎなかった。

「もう、それも田中さんにちゃんと話してあるんだよ」

「え？」

やっと、柿枝の驚きの声を引き出すことができた。

「あんたにこうして会って、情報を提供させられた。おどされて仕方なかった、って説明してある。田中さんはわかってくれた」

「田中は、ね」

「あんたは東京に帰ってきて、『ぐらんま』に戻ろうとした。その中であたしを見つけて『ぐらんま』を、あたしを使って外からコントロールしようと躍起になった。これからさらにあそこを変えて、田中さんを追い出し、自分がまた支配者として戻ろうとしたんだろうけど」

柿枝はじっと黙っていた。

「これ」

みのりはバッグの中から小型の録音機を出した。

「弁護士先生に預かったんだ。今、話していることを全部録音してある。あんたが止めなければ、警察に脅迫罪で訴える」

柿枝がそれに手を伸ばそうとした。一瞬の早さでみのりが先につかんだ。

「もう、終わりなんだよ。諦めな。もう誰もあんたに傷つけられない」

「そうですか。じゃあ、俺も『ぐらんま』に顔を出そうかな。田中はともかく、桃田や胡雪は俺につく。俺がちゃんと話せば」

「そうしたいなら、すればいい。だけど、あたしたちは負けない。誠実に真実を話して、あんたと戦う」

二人はにらみあった。先に目をそらしたのは柿枝だった。

「だから、言っただろう。あんたはもう終わりなんだよ」

みのりは言った。その口調に勝ち誇った色はなく、むしろ悲しげだった。

「あんたみたいな人はだまして、皆を支配して、傷つける。だけど、最後には絶対に勝てない。かわいそうだけど」

みのりは柿枝をあわれみの表情で見る。

「どこかおかしいと皆、いつかは気づく。あとは破滅しか待ってない」

「何を言っているのかわからない」

柿枝は上目遣いでにらむ。白目がむき出しになり、いつもの余裕は消え失せた。憎悪の表情は彼を醜く見せる。だけど、それにも気がついていないようだった。

「確かに、ある種の場面ではあんたたちのような人間が必要な時があるんだろう。だから、これまで淘汰《とうた》されずに生き残ってきた。だけど、最後には必ず、失敗し、惨めな人生しか残らなくなる。なぜなら、もしも、あんたたちの方が正しいなら、人類はあんたたちばかりになっただろう。だけどそうじゃない。ということは、やっぱり、あんたたちはいつまでもただの引っかき回し屋でしかないんだよ」

にらんでいる柿枝に、みのりがバッグの中から大きめの茶封筒を出した。

「ここに書類が入っている。田中さんから預かってきた。相応の金額が提示されているよ。きちんと弁護士が計算したものだ。あんたが受け取るべき、いや、それより少し多い額が書いてある。かなりの金額だ。これを受け取って、もう二度と『ぐらんま』の人間には近づかないことだ。それを誓う念書も入っている。サインして送り返してくれれば、ちゃんと支払われる。これでしばらくはあんたも遊んで暮らせる」

柿枝の表情は変わらなかった。

「悪いことは言わないから、言う通りにした方がいい。これを受け取って、心がけて人には誠実に、嘘をつかずに生きなさい。才能はあるんだから」

「偉そうに。お前なんか、いや、『ぐらんま』の連中だって、何もできないくせに。なんの力もない、虫以下の人間のくせに、何を」

柿枝が怒鳴って、ファミレス中に響いた。

「そうだよ。だけど、あたしは料理を作った。心を込めて、皆に最高の料理を作ってきたんだ」

「は？　意味がわからない」

柿枝はもう一度、みのりをにらむと、封筒を奪い取って店から出て行った。

みのりはその後ろ姿を見送って、大きく息を吐いた。

震える手で、バッグからスマートフォンを取り出す。

「終わったよ」

「お疲れ様です。大丈夫ですか」

田中の声が聞こえた。

「大丈夫」

「これから、こちらに来ませんか。皆で食事を用意しているんです。胡雪がベランダで肉を焼いています……いつも筧さんにばかり用意してもらっていたから、今日はって張り切っているんです」

「わかったよ、ありがとう」と言って、電話を切った。

スマートフォンをテーブルに置いて、また目を閉じて深く息を吐いた。

「あの鹿は、やっぱり神だったのかもしれないね」

その顔には柔らかな微笑みと涙が一緒に浮かんでいた。

［参考文献］
『京都「木津川」のおひるご飯』 西村良栄　文化出版局

［初出］
本書は二〇一九年十二月に小社より刊行されました。
文庫化にあたり加筆修正を行いました。

本書はフィションであり、実在の人物、団体などには
一切関係ありません。

双葉文庫

は-33-03

まずはこれ食《た》べて

2023年4月15日　第1刷発行
2023年5月29日　第5刷発行

【著者】
原田《はらだ》ひ香《か》
©Hika Harada 2023
【発行者】
箕浦克史
【発行所】
株式会社双葉社
〒162-8540 東京都新宿区東五軒町3番28号
［電話］03-5261-4818(営業部)　03-5261-4831(編集部)
www.futabasha.co.jp（双葉社の書籍・コミックが買えます）
【印刷所】
大日本印刷株式会社
【製本所】
大日本印刷株式会社
【カバー印刷】
株式会社久栄社
【DTP】
株式会社ビーワークス

【フォーマット・デザイン】
日下潤一

ISBN978-4-575-52654-7 C0193
Printed in Japan